GAEA

GAEA

ISLAND 噩盡島 10

莫仁——著

噩盡島

目錄

登場人物介紹

- 乍看有些白淨文弱的少年。個性冷漠，不喜與人接觸，討厭麻煩，遇事時容易失控。
- 巧遇鳳凰換靈，身負渾沌原息，持有影妖凱布利。
- 裝備：金犀匕、血飲袍

沈洛年

- 具有喜慾之氣的白色巨狐，個性精靈調皮。三千年前因故留在人間。
- 不慎與沈洛年訂下「平等」誓約，目前正極力尋找寶物轉贈洛年，以望蓋約。

懷真

- 個性負責認真，稍有潔癖，有時容易自責。
- 隸屬白宗，現任白宗宗長。發散型，專修爆訣。目前正學習道術五靈中的炎靈。
- 武器：杖型匕首

葉瑋珊

- 體育健將。個性樂觀開朗善良，頗受歡迎的短髮陽光少年。
- 隸屬白宗，內聚型，專修柔訣。對於武學頗有研究，是白宗的武學指導。
- 武器：銀色長槍

賴一心

- 個性粗疏率真，笑罵間單純直接，平常活潑好動、食量奇大。
- 隸屬白宗，內聚型，專修爆訣。
- 武器：青色厚背刀

瑪蓮

■ 個性冷靜寡言，表情不多，愛穿寬鬆運動外套、黑色緊身牛仔褲與短靴。
■ 隸屬白宗，發散型，專修柔訣。目前正學習道術五靈中的凍靈。
■ 武器：銀色細窄小匕首

奇雅

■ 有一副娃娃臉，平時臉上表情不多。跳級就讀高中，被沈洛年引入白宗。
■ 隸屬白宗，內聚型，專修爆訣。
■ 武器：偃月大刀

吳配睿

■ 體格輕瘦，喜歡選輕鬆的事情來做，頗有點小聰明。外號：蚊子。
■ 隸屬白宗，內聚型，專修輕訣。
■ 武器：細長劍

張志文

■ 稍矮胖，給人穩重感。在不熟悉的人面前不多話，善於分析情況，常給瑋珊許多建議。外號：無敵大。
■ 隸屬白宗，內聚型，專修凝訣。
■ 武器：帶刺雙盾

黃宗儒

■ 個性憨直開朗，講義氣，很好相處，常和張志文一搭一唱。外號：阿猴。
■ 隸屬白宗，內聚型，專修輕訣。
■ 武器：細長劍

侯添良

■ 美艷，身材修長豐滿，最初隸屬白宗，後因故加入總門。善於察言觀色，巧於心計。
■ 隸屬總門的道武門人，發散型，爆輕雙修。
■ 武器：匕首

劉巧雯

- 個性溫柔和善，但決斷力稍弱，心腸與耳根子皆軟。是葉瑋珊的舅媽。
- 隸屬白宗，為白宗前任宗長，發散型，專修爆訣。
- 武器：匕首

白玄藍

- 白玄藍丈夫，聲音低沉。對古文頗有研究，十分疼愛白玄藍。
- 隸屬白宗，內聚型，輕柔雙修。
- 武器：五節劍

黃齊

- 麟犼幼獸，原形為龍首、馬身，全身赤紅，腦後一大片金色鬃毛。
- 對奇怪的事物充滿好奇心，人形為夏威夷混血少女。

錟丹

- 窮奇幼獸，原形為白色紫紋、脅生雙翅的虎狀妖獸。和羽霽是從小玩耍吵鬧的玩伴。
- 討厭一般人類，但特別喜歡聞不可理喻之人的氣味。人形為金髮碧眼女娃。

山芷

- 畢方幼獸，原形宛如巨鶴，全身披帶著紅色紋路的藍色羽翼，只有單足。
- 因為玩伴被洛年搶走，因此對沈洛年特別有敵意。人形為黑髮黃種女娃。

羽霽

前情提要

懷真說明喜慾之氣的隱衷後，終於閉關而去；回到噩盡島的沈洛年為救鄰居鄒父進入道武總門，意外帶出身負白澤血脈的少女門主狄純，令他成為總門緝捕的對象；逃亡的兩人托庇於牛頭人，隨其遷徙至澳洲，卻遭到鶴鴕妖攔路，幸而重遇酖族，化解一場滅族之戰……

ISLAND
擄劫少女的變態色狼

離開澳洲，經過六個多小時，噩盡島終於出現在東北方，沈洛年不想直接穿越噩盡島上方，以免引起其他飛行妖物的注意，於是繞著外圈，從噩盡島南端沿海向人類居住的東方飛。

沒花很久時間，繞到島嶼東端高原區。既然到了近處，沈洛年便化去了凱布利的部分妖炁，只留移動上必要的量，畢竟凱布利本身並沒有意識，沒法自主地將妖炁內斂凝聚，若維持太大的量，很容易被人察覺。

此時噩盡島這端已接近黎明，雖天色未亮，但各村鎮裡早起的人們都開始動了起來，種田的扛著傢伙往山上走，擺攤的推著貨物往外行，港口那兒魚市場更早已忙成一片。

沈洛年一面感應，一面從最東端的高山區接近。果然在這道息稀薄的地方，身負洛年之鏡的黃、白兩夫妻炁息十分明顯，不難尋找。他遠遠從山巔探頭往下看，發現兩人居住在一個新開闢的小村鎮中，大概正是由這批台灣新遷移者建立的。

沈洛年等了片刻，感應到屋中兩人似乎已經起身走動，當下趁著四處無人，迅速地飄到門口，敲了敲門。

「來了。」裡面傳來黃齊的聲音，他拉開門一看，發現沈洛年與在他背上睡著的狄純，臉色微微一變，探頭往外看了看，見四面無人，他讓開門戶說：「進來再說。」

「齊哥，誰啊？」白玄藍正從裡間掀簾而出，看到沈洛年的同時，臉色也變了。

沈洛年看黃齊隱隱透出敵意，白玄藍則是帶了些怒氣，心裡有數地說：「他們怎麼說的？」

黃齊退到白玄藍之前，望著沈洛年沉聲說：「總門說你見色起意，殺傷門主，還劫掠門主孫女離開，現在總門每天都領著人到處搜山……我們本來還不信，這女孩……莫非就是那個女孩？」

白玄藍臉色也很凝重，跟著說：「這女孩再漂亮，也不能做這種事……你把她打昏了嗎？快放下她，我們陪你去自首。」

「打昏？」沈洛年回手輕拍了狄純屁股一把說：「還睡，起床了。」

狄純嚶嚀一聲醒來，迷迷糊糊地說：「怎……怎麼了？」

「我現在變採花賊了，都妳害的。」沈洛年說。

「什……什麼採花……？」狄純突然看到黃齊與白玄藍，驚呼一聲，縮到沈洛年身後，囁嚅地說：「這……這是哪兒？怎不早點叫我？」

「她是睡著了。」沈洛年往後指指，皺眉說：「這該怎麼說……她身上牽涉了祕密，被總門關著，恰好被我救出來……總門不想放過我們，就造謠了。」

「洛年。」狄純低聲說：「讓我下來好嗎？這樣……不禮貌。」

「喔？」沈洛年解開被單，狄純連忙爬下，對著黃齊和白玄藍行禮，紅著臉說：「兩位……伯伯、嬸嬸好，我是狄純，是被洛年救出來……他不是……不是那個賊……」

按輩分的話應該反過來叫才對……不過現在也不用計較了。沈洛年聳聳肩說：「雖然他們是長輩，不過我們都喊黃大哥、藍姊……妳也這麼喊吧。」

「是。」狄純乖巧地喊：「黃大哥、藍姊，叫我小純就可以了。」

白玄藍和黃齊兩人對看一眼，那股凝重的氣氛霎時散去，他們本就不信沈洛年是這種人，不過剛剛他那模樣未免太過古怪，這才不免懷疑，此時他身後女子既然這麼說，兩人自是疑心盡去。

「這是怎麼回事？」白玄藍看到狄純乖巧嬌弱的模樣，不禁心疼，走近握著她的手說：「小純，妳怎麼這麼瘦啊？幾歲了？」

「我救她出來的時候更瘦，那時不到三十公斤，站都站不直。」沈洛年搖頭說：「他們會造謠也不奇怪，她的事見不得人，當然把我說成壞蛋。」

「那要把事情公開出來啊！」白玄藍疑惑地說：「你躲起來，豈不更糟？」

「藍。」黃齊搖搖頭說：「這不是以前的時代，洛年不能隨便出面。」

白玄藍一下醒悟過來，沈洛年若是公開現身，恐怕馬上被總門抓去滅口，現在這兒可都是總門的勢力，也沒有什麼媒體輿論監督，白宗此刻在噩盡島上的人手又不足以保護沈洛年……白玄藍想到這兒，皺眉沉吟說：「得等瑋珊他們都到了這兒才行，否則洛年不能留著，但那還得很久呢……」

「無所謂，我找到另外一個地方住。」沈洛年說：「我主要是來送輕疾的。」

「什麼？」白玄藍和黃齊一愣。

「一種可以通信的土精。」沈洛年說：「你們各拿一個，可以和瑋珊他們聯繫。」

當下沈洛年快手快腳地讓輕疾建立兩個泥塑分身，交給白玄藍與黃齊，一面讓兩人立約，一面說：「瑋珊的使用名稱是『白宗葉瑋珊』，用這個可以直接找她，其他細節聽輕疾說明就可以了。」

白玄藍和黃齊還沒搞清楚狀況，沈洛年已經接著說：「對了，藍姊……方不方便幫小純引仙或變體？她身體太差了。」

白玄藍一怔說：「妖質大多留給瑋珊，我帶來的不多，不夠變體，一般引仙還可以。」

「引仙好像比較安全？」沈洛年說：「聽說有好幾種……有比較適合逃命的嗎？」

「確實比較安全，逃跑的話……」白玄藍知道沈洛年並沒有墮落到擄劫婦女，又露出了溫柔的笑容，點頭說：「應該是千羽吧？可以飛喔，志文就是千羽引仙。」

「那就千羽引仙吧？」沈洛年轉頭問狄純說：「好不好？」

狄純遲疑了一下才說：「一定……要嗎？現在這樣……也很好啊。」

「一點都不好！」沈洛年瞪眼說：「現在都我在養妳，以後自己養自己！」

見狄純可憐兮兮地縮起脖子挨罵，白玄藍倒看不下去了，搖頭嗔說：「洛年你怎麼這樣對女孩子，女孩子要疼的，別欺負人家。」

「呃……」對她凶都黏著了，對她好還得了？但沈洛年不好和白玄藍槓上，只好悶聲說：「反正……引仙了方便。」

「小純會怕對不對？」白玄藍溫柔地對狄純說：「我先跟妳說明過程和結果，妳再決定要不要引仙，好不好？」

狄純露出一抹羞澀的微笑，輕輕點了點頭，讓白玄藍拉著她到一旁坐著，兩人握著手低聲說話，看來十分親暱。

「這妖怪可以傳訊啊……」黃齊沒事做，望著輕疾新奇地說：「他們現在應該還沒天黑，我試試找瑋珊說話。」

「有好幾種用法……」沈洛年反正也沒事，看黃齊似乎和自己一樣沒耐心聽完說明，好心地略作解釋。

「還可以翻譯？」黃齊大喜說：「那實在太方便了，應該一人一隻。」

「使用這個會耗妖炁。」沈洛年想起葉瑋珊的話，補充說：「在這道息稀薄處，連一般變體者都可能不大適用。」

「原來如此。」黃齊點點頭，對輕疾說：「我找白宗葉瑋珊。」

「請稍候。」輕疾過了片刻說：「白宗葉瑋珊留言：『很高興舅舅取得輕疾，現在恰好有事，我們無大礙，請勿擔心，晚些回訊』。」

「眞不巧，但看來沒什麼問題。」黃齊散去了輕疾，轉頭望向沈洛年，收起笑容放低聲音說：「那女孩是怎麼回事？」

白澤血脈的事情不能說，沈洛年想了想，皺眉說：「她……有個祕密，總門想利用她。」

「那祕密不適合說？」黃齊問。

「嗯。」沈洛年點頭。

黃齊也不追問，想了想說：「總門把這兒治理得井井有條，不只造錢幣，還印製報紙，訂定臨時規章，在這兒的大多數人民都支持他們……聽說他們打算在半年內成立共和體制，讓各村鎮依人數推選代表，成立議會，再由議會選出首長和訂定法律規章。」

少了白澤血脈，所以不搞神權治國的把戲了？弄報紙，改成媒體治國嗎？沈洛年悶哼了一聲說：「聽起來好像不錯。」

「不過這和當初他們的保證不大一樣。」黃齊沉吟說：「本來他們保證只是暫時代管，等世界各地大部分人民到齊之後，才開始處理有關政治的部分，現在看來，這個協議他們是打算反悔了。」

「爲什麼要反悔？」沈洛年不大明白。

「因爲現在這兒沒有其他可以與他們相抗衡的組織，而且這兒的人來自許多不同的地方，暫時還是一團散沙，沒有向心力。」黃齊說：「台灣人若是都過來，幾乎就佔了一半的人口，還有足以和變體者抗衡的引仙部隊，到時候白宗影響力恐怕比總門還高。」

「所以他們才急著想掌權嗎？」沈洛年對這方面不大懂，聳聳肩說：「黃大哥覺得該怎麼辦？」

「我和藍對政治沒有興趣，本來是無所謂。」黃齊看著沈洛年說：「但如果眞讓他們掌權，你和小純的事很難平反了。」

「我們沒關係，我另外找到一個人類村莊，以後別過來這兒就好了。」沈洛年搖頭說：「就算今天總門沒掌權，也不會對小純的事情死心，一樣不安全，除非把他們幾個領頭的人除掉……」

有這麼嚴重嗎？黃齊微微皺眉說：「你們住的地方安全嗎？」

「那附近的妖族十分和善，很安全。」沈洛年說。

「那就好，反正可以用輕疾聯繫……」黃齊一轉念說：「洛年，你的使用名稱呢？」

「這……」沈洛年遲疑了一下說：「懷眞不希望我告訴別人。」

「喔？」沈洛年畢竟不算白宗人，黃齊也不好多問，兩人正有些尷尬的時候，門外突然傳來敲門聲：「黃先生、黃太太？」

因為一直沒感覺到變體者接近，屋中四人不禁同時一愣，白玄藍詫異地說：「是一般人嗎？」

黃齊拿著劍湊到門旁，從木片縫隙往外看，回頭低聲說：「糟了，很多拿著槍的，都是軍人。」

「糟糕，他們一定有派人監視我們。」白玄藍頓足說。

「快上來。」沈洛年縱到狄純身旁蹲下，一面快速綁起被單，一面低聲說：「你們就說……我突然來訪，你們勸我去自首，我不肯聽。」

「你怎逃得出去？」白玄藍抽出匕首說：「我和齊哥有洛年之鏡，炁息泛出不怕這些槍彈，你可不行，我們護著你們倆逃。」

「黃先生？」外面又喊了一聲，拍門的聲音更大了。

「來了。」黃齊帶著怒氣大聲說：「急什麼？馬上好！」

似乎為了避免驚動沈洛年，外面這些持槍的軍人大多是原來的美軍，並非變體者，所以一時還不敢貿然闖入變體者黃齊的家，而總門的變體者趁著這兒已經被軍人團團圍住時，現在正從四面八方往這兒圍來。

沈洛年正快速地說：「你們還要在這兒照顧其他人，我自己闖出去就好。」

「什麼意思？」黃齊說：「你就算會飛，也飛不過這麼多槍彈啊。」

沈洛年不想多解釋，頓了頓又說：「你們雖然有那個鏡子，還是要小心他們用息壞磚蓋的房子或地道，炁息會散的。」

「那是什麼？」白玄藍一愣。

「黃先生，你們莫非被挾持了？我們已確認沈姓嫌犯躲在你們房子裡。」門外大聲喊：「沈洛年，你立刻出來投降，我們數到三，就破門而入！」

白玄藍柳眉一豎，炁息從匕首尖端往外泛出，似乎打算護住眾人。沈洛年搖搖頭，伸手一抓匕首前端，白玄藍的炁息立即散逸，沈洛年低聲說：「藍姊別出手，我先走了。」

「洛年？」自己的炁息怎麼就這麼消失了？白玄藍吃了一驚。

「要衝囉，純ㄚ頭別怕。」沈洛年回頭說。

「不、不怕。」狄純緊緊抱著沈洛年，閉上眼睛。

「黃大哥，藍姊，抱歉弄壞房子。」沈洛年說。

黃齊問：「弄壞？」

沈洛年不再解釋，心念一動，凱布利穿入足下，妖炁凝聚間脹起成形，就這麼推起沈洛年，那泛出的妖炁帶著兩人高速往上衝，一下子把那簡陋的屋頂衝破一個大洞。只見一個奇怪的半橢圓形黑影，就這麼把兩人推上高空。

外面那些拿著各式武器的軍人，有幾個反應快的，舉起槍就要射，卻被領隊大罵：「不准動手！沒看到人質嗎？」

眾人一愣，只好停手，只不過短短幾秒，沈洛年與狄純已變成天際的一個小黑點，很快就消失不見。

隔了好片刻，狄純睜開眼睛，看著周圍遼闊的天空，心情一鬆，輕笑說：「不引仙了嗎？」

「算了。」沈洛年不大高興地說：「早該想到他們會派人監視黃大哥和藍姊……若不是找到凱布利的新能力，今天恐怕就得連累他們。」

「別生氣嘛。」狄純看沈洛年不開心，想岔開話題，又問：「爲什麼站著？不坐在凱布利上？不會被吹下去嗎？」

「反正都是靠妖炁固定著，沒什麼差別。」沈洛年頓了頓說：「若需要戰鬥，還是站著比較靈活。」

「喔。」狄純點頭。

「不對，還是有差。」沈洛年想想坐下說：「這樣我就不用揹著妳了。」

狄純輕輕一笑說：「又嫌人家重。」

沈洛年氣還沒消，忍不住又罵：「媽的，總門那些傢伙還眞是趕盡殺絕……下次不帶妳來了！我要殺人。」

「別這樣。」狄純慌張地說：「我替他們說對不起，別殺人。」

「妳道歉有屁用，他們照樣追殺我們……嘖，不能這樣就算了！」沈洛年想了想，突然轉向。

「怎麼了？」狄純一呆。

「我去找鑿齒。」沈洛年說。

「啊？」狄純吃了一驚。

「別怕。」沈洛年說：「現在比較容易逃了。」當下對著鑿齒的生活區域飛去。

過了半個小時，沈洛年一面在樹林中低飛，一面閃避著鑿齒的追擊，逗引著近千名鑿齒在後面狂追，也許是事出突然，還來不及通知高手，追來的都是普通鑿齒，誰也追不上沈洛年。

沈洛年就這麼帶著千名鑿齒，穿出密林，直飛到總門挖出的那個土丘入口旁，他操控著凱布利大半妖炁往外一激，對著那隱蔽的門戶撞去，當場轟出一個大洞，露出裡面的甬道，這才騰空高飛，揚長而去。

而那端鑿齒眼見突然出現一個人造建築孔道，自是吃了一驚，反正沈洛年也追不上了，鑿齒當下把這山丘出口團團圍住，一面派人回報，一面開始探路。

□

空中，狄純結巴地問：「洛年，你……你剛做了什麼？」

「兩邊都是渾蛋，讓他們打個你死我活。」沈洛年得意地說。

「怎麼可以這樣？」狄純不敢置信地說：「會……兩邊都會死很多人啊。」

沈洛年皺起眉說：「有什麼不對嗎？這正是我的目的。」

狄純聽出沈洛年語氣不善，不敢再說，但仍忍不住回頭張望，見鑿齒已圍住了那個通道，眼看無法善了，眼眶不由得紅了。

又飛了一陣子，沈洛年見狄純隔半天不說話，開口問：「生氣了？」

「沒有。」狄純說。

明明生氣還不敢說，沈洛年又好氣又好笑，搖搖頭說：「這趟回去又要幾個小時……既然妳醒著，這次帶點水好了。」

「好。」狄純依然只是低聲相應。

好煩啊，這丫頭！沈洛年抓抓頭，一時也不知該拿她怎辦，也只好不管。他找了個感覺沒有明顯妖炁的河畔飄下，解開被單說：「去吧。」

狄純走到河邊，喝了一點水，洗了洗臉，望著河水沉默了片刻，轉回頭卻沒看到沈洛年，她吃了一驚，慌張地站起，大聲叫：「洛年！洛年？」

「幹嘛？」沈洛年從一株樹後探頭說：「撒尿啦。」

狄純臉一紅，連忙轉回頭，但卻鬆了一口氣。

沈洛年走回，捲起袖子在河邊洗了洗手，瞄了狄純一眼說：「妳不去嗎？」

「要，麻煩你……等等我。」兩人雖同住已久，狄純仍有幾分羞澀，低下頭轉身往隱蔽處走去。

「輕疾。」沈洛年抬頭四面張望說：「這附近有可以裝水的東西嗎？」

「有。」輕疾開口說：「你十一點鐘方向，五步外，那手掌寬帶著點妖炁的節狀植物，是一種類竹植物，中空的。」

知道像竹子，就不用多問了，沈洛年拔出金犀匕截了一段，正挖了個孔裝水，突然聽到狄純那兒傳來一聲撕心裂肺的大聲驚呼。沈洛年一驚，全身所有能耐倏然開啓，點地間衝向聲音來處，同時本來停在身上的凱布利，也在沈洛年心意催動下，鑽入足下脹大，頂著沈洛年高速往前。

沈洛年彷彿閃電般地繞過幾株樹幹，衝過草叢，卻見一頭老虎正向蹲著發抖的狄純騰空飛撲，那張巨口正對著她那粉嫩細長的後頸處咬去。

媽的，這傢伙不是妖怪，感應不到……開啓著時間能力的沈洛年，迅速分析著情況，自己速度遠比這老虎快，但畢竟距離太遠，雖有機會在牠咬上狄純之前先以金犀匕穿過牠腦袋，但萬一稍慢了一絲，那老虎死掉的同時巨口也已闔起，比普通人還柔弱的狄純可就沒救了……

說時遲、那時快，沈洛年不及細思，右手金犀匕對著老虎腦門直揮，左手同時急伸，攔在巨虎口吻和狄純之間，將狄純往外拍。

似乎還是慢了一剎那……要運力護體嗎？沈洛年看著近在咫尺的狄純，微微一遲疑，這一瞬間，金犀匕穿入了老虎額頭，而老虎氣絕的瞬間，也一口對著沈洛年左小臂咬下。

當下沈洛年與老虎滾在一處，摔成一團，狄純則被推到半尺遠，滾倒在地。

狄純好不容易穩下身子，慌張地扭頭查看，只見老虎頭上插著支金色匕首，動也不動，她驚魂稍定，再仔細一看，卻見沈洛年剛從老虎口中把左手扯出，那前臂中段正血肉模糊地扁下，還彎成古怪的模樣。

狄純哇地一聲大哭說：「洛年……你的手，怎麼辦？怎麼辦？」

「斷了，接上就好。」沈洛年忍痛扶正手臂，把剛剛捲起的袖子放下，血飲袍和體內的道息同時作用，傷口正快速復元。

狄純還在哭哭啼啼地爬過來：「讓我看……你手怎樣了？會不會好？」

「會好，沒事，我以前還被攔腰斬成兩段過呢，這算小傷。」沈洛年一面把手臂挪位，一面齜牙咧嘴地罵：「媽的！媽的！好痛、痛死了。」

狄純瞪大眼睛：「兩段？」

沈洛年懶得解釋，右手從老虎頭上拔起金犀匕，收回腰間，一面說：「這大傢伙不是妖怪，所以我沒注意到，妳沒嚇壞吧？怪了，這附近本來不都是小島嗎……哪兒來的這種猛獸？」

狄純本來確實是嚇壞了，但看到沈洛年斷手的模樣，可比剛剛巨虎撲來還要驚慌，她一直看著沈洛年左手臂，只見那條手臂在衣服下軟軟垂著，她也不敢貿然碰觸，只一直流淚，口中不斷說：「對不起、對不起、對不起……」

「有完沒完啊。」沈洛年手正痛，心煩氣躁地說：「妳是語言學習機嗎？」

狄純一驚閉上嘴，又忍不住哭了出來。

老虎的嘴可沒有刑天的斧頭平整，沈洛年的左臂除了皮肉傷之外，骨頭受損頗嚴重，好幾處複雜、破碎或碾壓性骨折，就算有道息催動復元，仍沒法很快治好。沈洛年和輕疾低聲商量了片刻，開口說：「小純。」

「是。」狄純連忙抹開眼淚湊近。

「幫我折幾段小段的樹枝，還有可以綁縛的樹皮或細藤，我把手臂固定起來。」沈洛年遞過金犀匕說：「別離我太遠。」

狄純連忙接過匕首，一面四面尋找。沈洛年上次當「神巫」時她也在旁，多少有點概念。

「小心啊，匕首很利。」沈洛年悠閒地坐在一旁，又說了一句。

「我知道。」狄純小心翼翼地截下幾株適合的樹幹，一面開始尋找可以綁縛的代用品。

沈洛年其實就算只剩一手，也可以自行搜取，不過看狄純在一旁哭個不停，乾脆找點事情給她做。果然狄純這一忙就忘了哭泣，很快就把材料蒐集妥當，湊到沈洛年身旁，幫著固定他的手臂。

雖說血飲袍的收束固定能力已經不錯，但畢竟是軟物，在骨頭受損的狀況下，只能躺著不動等恢復，想移動，還是用物品固定比較穩當。在沈洛年指點下，狄純小心翼翼地將沈洛年左手臂固定捆綁，掛在脖子上，等綁好後，她看著沈洛年的手臂，眼淚又流了出來。

又哭了？沈洛年皺眉說：「快去喝水。」

「什……什麼？」淚眼矇矓的狄純問。

「流這麼多眼淚不會口渴嗎？」沈洛年說。

狄純忍不住想笑，但剛笑出聲，又哭了出來：「你……我好難過，你還要欺負我……」

「那妳慢哭。」沈洛年站起，往河邊走，一面說：「剛剛水壺做到一半，大概被水沖走了。」

狄純跟在旁邊，囁嚅地說：「要不要……我扶著你？」

「斷手又不是斷腿，傷好前不要劇烈運動就好。」沈洛年看那竹節水壺還卡在岸邊，高興地說：「快去撿起來，免得沖走了。」

狄純連忙奔去，但她畢竟手腳還不靈活，這一跑，腳一絆撲通跌了一跤，重重摔在地上。

「唉？怎麼……」沈洛年連忙過去伸手扶起，看狄純咬著唇，又是一副要哭的模樣，不禁好笑，但又不大好意思笑出來，只好轉頭往河邊走。

「我……」狄純坐在地上，哽咽地說：「我好笨。」

「妳只是身體還有點僵硬，該慢慢走的。」沈洛年自己將竹節取起，一面裝水一面說：「以後就好了。」

「洛年，我們不能再去找藍姊了，對不對？」狄純突然低聲說。

「太危險，他們有人監視著。」沈洛年搖頭。

「那……我就不能引仙了？」狄純又說。

「妳想引仙？不是會怕嗎？」沈洛年一怔。

「我若能保護自己，才不會又害你受傷……可是現在沒辦法找藍姊，我剛剛不該害怕的，對……對不起……」狄純想到難過處，又哭了出來。

「沒關係，我們回庫克鎮，就沒有這種危險的野獸了。」沈洛年拿起被子說：「來，我揹妳。」

狄純一驚說：「你受傷了呢，不行。」

現在只有單手能用，確實不便綁縛被單，但自己能用妖炁固定或推動身軀，是因為體內有道息護體，不怕妖炁浸入，狄純可不行……畢竟凱布利的妖炁對人體來說仍然是有害的異物，體質孱弱的狄純對此更完全沒有抵抗力，輕托一下也許還好，時間太久，或者激發狀態的妖炁，都不適合接近狄純。

剛剛就是手臂離狄純太近，所以沈洛年不但不敢用闇靈之力，也不敢運用凱布利的妖炁外爆自保，才會受傷。

狄純見沈洛年不說話，想想又說：「我會抓著你的。」

「這樣吧。」沈洛年一轉念說：「我們在這兒休息幾個小時。」

「咦？」狄純睜大眼說：「休息？」

「等我手好再回去。」沈洛年說：「我們乘著凱布利四處逛逛。」

「手會好這麼快嗎？」狄純詫異地問。

「嗯，不用很久。」沈洛年收拾了東西，右手攬著狄純的肩，讓凱布利把兩人載起，往外緩飄。

不過噩盡島上的獸類本就不多，而若感應到妖炁，沈洛年又會避開，所以這麼繞啊繞的，過了一個多小時，除了各種形象古怪的妖系植物，倒是沒什麼可看的。沈洛年想想說：「似乎不如去看海，吹吹海風。」

「都好啊。」狄純說：「你手有沒有好點？」

「應該快好了。」沈洛年轉往南方飛，突然說：「妳不生我的氣了？」

「生什麼氣？」狄純愕然問。

「鑿齒的事。」沈洛年說。

狄純這才想起，她低頭片刻才說：「我沒生你的氣啊。」

「少來。」沈洛年白了狄純一眼說：「要不是我被老虎咬斷手，妳還懶得理我呢。」

「不是的。」狄純忙說：「我是生自己的氣。」

「什麼？」沈洛年一愣。

狄純低聲說：「若不是我，你和總門、鑿齒就不會結仇了，也就不會發生這種事情……所以都是我的錯。」

這種擅於自責的能耐，和葉瑋珊倒是有異曲同工之妙。沈洛年好笑地說：「好吧，就算都是妳的錯，妳要怎麼辦？」

「我不知道。」狄純委屈地說。

沈洛年正想開口奚落狄純，突然一轉念，一般人若受不了自己這臭脾氣，自然會躲老遠、不與自己來往，不然就像葉瑋珊或懷眞，直接不理會自己說的難聽話……但這傻丫頭受不了自己的口氣，卻又沒地方可去，自己老罵到她哭，倒眞有點欺負人的味道。

想到這兒，沈洛年也沒勁了，忍下原來想說的難聽話，只揉了揉狄純的頭，輕聲說：「傻瓜，不關妳的事。」

狄純倒沒想到沈洛年突然溫柔起來，她轉頭望著沈洛年，正想開口，突見沈洛年一揚眉說：「瑋珊找我？好，接過來。」

狄純經過剛剛的過程，已知道沈洛年耳中藏著的「妖怪電話」就是輕疾，當下安靜地靠著沈洛年，一聲不吭。

「洛年，我剛和舅舅、舅媽聯繫了。」葉瑋珊帶著點兩分怒氣與擔憂的聲音傳了過來：「聽說你被總門陷害成擄劫少女的變態色狼？舅媽說那是個很漂亮的女孩子，你居然騙我是小孩？還說不到三十公斤！騙子！」

誰是變態色狼？這話裡的味道怎麼怪怪的？沈洛年悶哼說：「本來就是個不到三十公斤的小孩，漂不漂亮我可不知道。」

「眞的嗎？」葉瑋珊問：「她幾歲了？」

「十……二三四歲吧。」沈洛年看了狄純一眼，搖頭說：「搞不清楚。」

「又在胡說了，舅媽說那女孩很喜歡你。」葉瑋珊停了幾秒才說：「你……那時懷眞姊才剛走，你怎麼……」

「妳扯到哪邊去了？胡說八道！」沈洛年耐不住了，打斷說：「黃大哥和藍姊沒事吧？剛剛我顧著逃出來，不知道他們會不會被連累？」

「應該不會……」葉瑋珊說：「聽起來他們的目的是那女孩？害了舅舅和舅媽並沒有幫助，還無端和白宗結仇，沒有意義。」

這倒也是，黃齊夫妻還有白宗這群年輕靠山。總門應該不敢亂來，沈洛年稍安了心，點頭說：「那就好，妳剛在忙什麼？連說個話都沒時間。」

葉瑋珊遲疑了一下，才說：「我們遇到了一群狼妖，剛剛正在應付，似乎是當初台灣遇過的那一種。」

那時黃齊、白玄藍、劉巧雯合力才勉強收拾掉的大白狼嗎？沈洛年一怔說：「那種似乎比普通牛頭人厲害一些，很多嗎？」

「還好。」葉瑋珊說：「百多隻，我們結陣後不難應付，本來我們不打算和他們糾纏，正想辦法撤退，突然跑來一個有點怪的本地女孩，求我們幫忙帶她逃走，我們還沒弄清楚，狼妖已經又圍上來了，只好一面抵擋一面撤。後來那女孩帶我們退到了一個古怪的岩洞中，藉著洞道一面防守一面走，說是另一面有出路。」

什麼亂七八糟啊？沈洛年聽了大皺眉頭說：「怪女孩？怎麼怪法？」

葉瑋珊說：「她雖然說是本地人，了解那奇怪的地道，卻比我還不熟這附近的城市……好像從什麼荒山野嶺跑出來的一樣，不過她很漂亮，大家都很喜歡她，中文還很流利呢，真怪。」

不會是妖怪變的吧？沈洛年不禁有點擔心，但一般來說，能變人的妖怪該是妖仙等級以上的，白宗這群人反正打不過，說了也是白讓葉瑋珊擔心。

沈洛年沉吟片刻說：「你們不是要避開妖怪嗎？怎會惹上狼妖？」

「這該怎麼說？有件事情很奇怪……」葉瑋珊頓了頓說：「我們從菲律賓先走，救了幾批人到安全地方，告訴他們先造船去台灣後，繼續往南走。但到了印尼、婆羅洲這幾個地方就找不到人了，前兩天繞過蘇門答臘，上了馬來半島也一樣，想想不是辦法，就往妖炁比較重的地方接近看看，結果就惹到這群狼妖。」

「啊！」沈洛年頓足說：「當然沒人，那條路線的人被麒麟救了。」

「麒麟？」葉瑋珊有點結巴地說：「你……你說的是……傳說中的麒麟？」

「大概吧……也是別人告訴我的。」沈洛年說：「麒麟和酖族有交情，所以把他們一路往南帶，一直送到澳洲去……沿路看到人也就順便救了，東南亞大部分存活的人，恐怕都帶到澳洲去了。」

「你怎會知道這種事情？」葉瑋珊詫異地說：「啊！酖族……你和小露有保持聯絡嗎？」

爲什麼特別提到小露？沈洛年皺眉說：「我前陣子去了趟澳洲，遇到了幾個酖族女巫……沒見到小露。」

「哦？」葉瑋珊頓了頓說：「所以我們應該直接往印度的方向穿過去？可是我該怎麼跟他們說？」

「何必這樣偷偷摸摸？就說懷眞只准妳和我聯繫不就好了？」沈洛年不耐煩地說。

「怎麼可以？」葉瑋珊說：「這樣差別待遇，他們會傷心的。」

沈洛年正想回嘴，突然微微一怔，向著四面望，一面說：「咦？這是……」剛剛與葉瑋珊聊天的過程中，凱布利已經帶著沈洛年、狄純飛到岸邊。這時沈洛年突然皺起眉頭，遙望著那一望無際的海面。

「怎麼了？」葉瑋珊問。

「好像突然有一波道息從地底湧了出來。」沈洛年說：「比四二九那次還強烈……小心點，全世界道息濃度突然增強，可能會有更強大的妖物出現。」

「不過強大的一般不會特別去找人類麻煩，不是嗎？」葉瑋珊說。

「話是這麼說……但自己闖過去就難說了。」沈洛年哼聲說：「你們這次不就幹這種笨事？」

「你這人說話實在……」葉瑋珊說到這兒，突然驚呼一聲說：「地震，這次的好大。」

地震？他目光一轉，卻見周圍海岸地面似乎也正搖動，本來不斷拍打岸邊的浪濤聲，突然詭異地靜了下來，下一瞬間，遠方海面倏然捲起一片黑影，竟有點像四二九那日的大海嘯。

「洛年！」葉瑋珊在那端嚷：「地震好大……不對勁，有空再找你，我去和他們會合。」一面把通訊停了下來。

沈洛年卻暗叫不妙，噩盡島和亞洲的中南半島相隔千萬里，哪有這麼巧一起地震的？莫非是全世界一起地震？

而狄純也注意到了周圍的異狀，她看著那片大海嘯越來越近，忍不住拉著沈洛年說：「洛……洛年？那……那個……」

沈洛年點點頭，操控著凱布利往空中飛，一面看著狄純說：「似乎……那時候到了。」

「到……到了嗎？現在怎辦？」狄純想想，突然驚呼說：「啊！我們快回去庫克鎮幫忙。」

葉瑋珊他們若出問題，自己趕去也來不及了。噩盡島東方是高原區，除港口外，其他地方還算安全，而且這兒變體者多，不差自己一個；但庫克鎮那兒地形平坦，加上又都是普通人，若遇到海嘯、地震當眞需要幫手……沈洛年當下把手上的包紮拆掉，蹲下說：「快上來。」

「你手好了嗎？」狄純吃驚地問。

「差不多了。」其實還沒完全好，不過加上妖炁保護，已勉強可以用力，沈洛年說：「快點，妳不是想救人嗎？」

狄純只好攀上沈洛年的背，讓他綁起。當下沈洛年控制著凱布利，高速向西南方衝去。

ISLAND
誰想先死？上啊！

這一高速飛行，狄純受不了風吹，自然躲在沈洛年背後縮著腦袋，沈洛年則低聲說：「輕疾，請一路告訴我正確方向。」

「請問，你是要去過去的庫克鎮，還是現在的庫克鎮？」輕疾說：「各地陸塊已經開始快速移動，各地相對位置正不斷改變。」

「不會吧……有這麼快嗎？」沈洛年說：「當然是現在的。」

「那麼請先稍偏右五度。」輕疾說。

沈洛年隨之轉向。當然沈洛年不可能做到太精準，不過偏差度如果不是太大，輕疾會隨著一面飛行一面修正。

「爲什麼陸塊突然會動？和道息濃度提高有關嗎？」沈洛年問：「這算不算非法問題？」

「這件事情稱不上常識……」輕疾停了停說：「但因爲說出來不至於有任何影響，告訴你應該沒關係，而且可能很快就變成常識。」

「到底是怎樣？」沈洛年忙問，一面有點後悔，自己爲什麼不早點問，說不定可以掌握到這次變化的時間。

「我本體是『土之高精』，除我之外，這世上還有許多不同高精……」輕疾說：「這件事情，和『熔之高精』有關。」

「熔之高精？那是什麼？」沈洛年問。

「存在於熔岩、岩漿的精體，與我本體互為表裡，我們身軀常作型態的交換。」輕疾說：「『熔之高精』道號祝融。」

「祝……」沈洛年一愣說：「火神嗎？火鼠是他的分身嗎？」

「道號只是個方便稱呼的名稱，其實他很少管人間的事情。」輕疾說：「火鼠只是小妖，與他無關。」

「好吧，他怎麼了？」沈洛年問。

「他不喜歡息壤。」輕疾說：「息壤若穿入地殼，融入岩漿之中，會逐漸影響他吸收道息的效率，但這附近本是地殼較薄的地方，噩盡島又變得過大，尤其東方高原處，沉重的息壤不斷往下壓，有一部分已經由地殼縫隙陷入，並融入岩漿之中。」

「那……那和陸塊移動有什麼關係？」沈洛年詫異地說。

輕疾接著說：「因為息壤土塊太重太多，已不可能藉著往外噴射岩漿抵禦，於是祝融決定要利用本體的快速流動，帶動各地陸塊到這兒集合，拱起噩盡島，而要辦到這種事，就得等道息濃度增加到現在這程度，所以今日道息量一增，他就開始動作。」

「太誇張了吧……就為了……」沈洛年瞠目結舌地說：「這樣陸塊不是會被搞得亂七八糟

了嗎？你怎麼不阻止他？」

「就算想阻止，我也無法阻止。」輕疾說。

「那……」沈洛年愣了片刻才說：「哪裡才安全？」

「地質脆弱處、陸塊交界處當然一定不安全，因爲海嘯的關係，沿岸也不安全，一些堅實陸塊的內陸，算是比較安全的地方……」輕疾說：「另外，噩盡島也算安全之處，祝融絕不願噩盡島沉入岩漿中，這附近的地層會盡量保持穩定，不過地震就難免了。」

沈洛年思索了片刻，才又問：「大概多久才會穩定下來？」

「劇烈震盪移動大概一個月左右。」輕疾說：「之後等地質完全穩定，還需要許多年的時間。」

一個月就夠了？媽的，陸地跑得比船還快？嚇死人了！沈洛年皺眉抱怨：「眞是的……總門一開始弄息壤島就錯了，一次次搞得天下大亂。」

「但那也眞的是最適合人類居住的地方。」輕疾說。

沈洛年無言以對，沉默下來。輕疾也不主動說話，只偶爾指引一下方位，讓沈洛年不斷往澳洲的方向飛去。

又是六、七個小時過去，終於飛返庫克鎮，這時澳洲的天色已經大亮，沈洛年從海面遠遠望去，不禁傻眼。

庫克鎮本是個海港城鎮，在一條稱作「安蒂衛爾河」的出海口南端，這城鎮和沈洛年過去生長的地方——寸土寸金的台北都會區完全不同，走在這小鎮中，只見灰色的柏油路把大塊大塊的綠地切開，一塊塊綠地中央，則各自蓋著型式相異的大型獨立平房，每一棟建築都離路面頗遠，彼此更相隔好一段距離，放眼望去到處都是大片的空地。

也只有這樣的城市，才能在四二九之後，留下這麼高比率的人口，不至於因爲繁華城市冒起的熱焰，奪走大多數人的性命。

但如今城鎮卻變成一片還沒退去的水澤。沈洛年極目而望，只見又是一波海嘯向著陸地撲去，還好海嘯已經被外圍的大堡礁破壞不少威力，只是緩緩地漫上去，連房子大多都沒被推倒，看樣子應該不會造成太大的損失。

可是怎麼都沒看到人呢？

沈洛年和狄純兩人降低高度，一路往內飛，一面有些擔心地往下張望，不知道有沒有人被困在水中。

「咦！」狄純突然驚呼說：「洛年！那兒，前面、左邊。」

沈洛年抬起頭，這才發現西南面高地上，居然一大排帳篷立了起來，高地上不少人正望著這兒指指點點。兩人同時鬆了一口氣，一面暗自好笑，既然海嘯不斷沖來了好幾個小時，人們當然會先退到高地，怎會還留在水中？沈洛年一面搖頭，一面向著那端飛去。

那兒的人們，這時也大半垂頭喪氣地看著自己的家園，尤其是隨著酖族遷來的那群人，才住下不到幾個月，剛開始想過穩定的生活，家卻又毀了，他們這時望著庫克鎮的眼神，都帶著點茫然。

就在這個時候，突然看到沈洛年踩著一團黑忽忽的半橢圓形怪雲飄來，眾人可大吃一驚。這兒居民中認識沈洛年的人極少，不免有人開始疑神疑鬼，還有人緊張地拿槍往外指，生怕沈洛年是哪兒冒出來的妖怪。

沈洛年見狀，不想貿然靠近，隔了一段距離，遠遠望著眾人，尋找著馮鴦等人的身影。

漸漸地，一個黑雲怪人從海上接近的消息傳了出去，擠到外面探頭的人也越來越多，等了好片刻，沈洛年終於看到一方有人招手大喊，仔細一看，卻是那開朗的大姊昌珠，不過她喊著什麼，卻聽不清楚。

有認識自己的人才方便說話，沈洛年慢慢往那兒靠，果然在昌珠呼喊下，周圍人敵意漸去，不過大家可就更好奇了，不免都往這兒湊了過來。

庫克鎮如今的居民雖然不多，也有兩萬人左右，就算只有一小部分接近，也是擠得水洩不通，沈洛年飄到近處的時候，昌珠根本就是陷在人堆裡動彈不得。

「洛年！」在周圍鬧哄哄的聲音中，昌珠正大喊：「你去哪兒了？我們還以爲你們倆出事了。」

「我們有事出門。」沈洛年不敢往下落，大聲喊：「大家都沒事吧？」

「沒事。」昌珠往西指，一面喊：「有人受傷，我們在幫忙。」

「我過去看看。」沈洛年往那兒一飄，這兒擠成一團的人們一亂，紛紛往那兒奔。

西面那兒一大片塑膠布架起，底下躺著幾十個受傷的病患，這大浪的殺傷力雖然不大，但畢竟突然而來，仍有人大驚下出了意外，跌倒、滑倒的難以計數，其中倒楣些的，難免斷手、傷腿、撞破腦袋，不過似乎沒出什麼人命。

有人乘著黑雲來的事早就傳到這個地方，雖只有好事的昌珠跑去東面看熱鬧，但此時馮鴦等人也已經得到消息，得知黑雲怪客正往醫療區跑來。上次牛首妖事件中，她們已知沈洛年會飛，只沒想到載著人還這麼輕靈自在，幾個酖族女子走出帳篷看到，不禁都張大了嘴，說不出話來。

沈洛年看這兒的秩序較穩定，這才和狄純落下。解開綁著狄純的被單，正要與馮鴦敘話時，突然數名警察擠進人堆，把圍觀民眾往外推，跟著一個深色皮膚的中年大漢擠了進來，抹著滿頭汗，開口劈里啪啦說了一串澳式英文。

馮鴦認得這人是庫克鎮的鎮長，問題是英文不知該怎麼應付，她正想找人翻譯，卻見沈洛年肩膀上突然冒出一個黃色小人，隨著沈洛年開口，也一陣嘰哩呱啦地說了回去。過不多久，又有個澳洲原住民祭司也在一群原住民護衛下擠了進來，那人雖然年長，倒也會說不很靈便的英語，當下小黃人一樣先翻成中文給沈洛年聽，再把他的話不斷譯為那帶著澳洲口音的英語。

這可有趣，馮鴦等人忍不住都擠到那黃色小泥人身邊，想聽清楚兩方的對話。

這時鎮長正望著祭司，詫異地說：「這人說的是眞的？鶴鴕族也說這兒危險？」

祭司點點頭，指著沈洛年說：「他說陸塊在移動，和鶴鴕神靈說的相同。」

「你怎麼知道的？」鎮長問完沈洛年，轉頭又望向祭司說：「鶴鴕族又怎麼知道的？」

「神靈詢問大地母神。」祭司說完，看著沈洛年。

沈洛年恍然大悟，只要願意消耗妖炁，誰都能找輕疾詢問此事……想必鶴鴕族發現天地變異，馬上詢問。說不定問的妖族還不少，難怪會變成常識，不過自己可不能說實話，沈洛年當即說：「這不重要，反正我有辦法知道……對了，鶴鴕族為什麼說這土地危險？」

「我正要向鎮長說明。」祭司轉頭說：「神靈說，數日內，約克角會先和新幾內亞撞擊，之後黏合的陸地將不斷往東北移動。撞擊和移動的過程中，約克角北端大部分地區會變形、隆起，甚至擠入土下都有可能，待在這兒十分危險，所以鶴鴕神靈全族已經往南遷移。」

「那我們也該往南嗎？」鎮長有點慌張地說。

「神靈說，往南走百公里處，在這次道息瀰漫後，會降下一個外來的強大凶猛神靈，人類過不去，他們打算全速奔馳闖過去，但仍可能有部分族人受損，所以不能護送我們過去。」祭司緩緩說。

鎮長聽了詫異地說：「那……不是你們的神嗎？不管我們死活就這麼離開？」

祭司只搖頭，並沒回答。

「你……難道你也是什麼神嗎？」鎮長看著沈洛年問。

沈洛年搖搖頭說：「我只是普通……普通的變體者。」沈洛年本想說普通人，但想想實在說不過去，只好臨時變化一下。

當初噩盡島上大戰妖怪的事情，鬧得沸沸揚揚，雖然最後以失敗收場，但全世界對這名詞都已經挺熟悉，鎮長一怔說：「原來是變體者……你有辦法嗎？」

如果是這次道息大漲之後才來的妖怪，那代表比小芷、小霽她們母親還強大，自己是萬萬打不過的，雖然現在多了點妖炁可以運用，但那些分量，其實和一年前完全不懂技巧的賴一心、葉瑋珊差不多，推著輕飄飄的自己高速飛行不難，和妖怪打架用途可不太大……

見沈洛年不說話，已經有人忍不住叫：「怎會如此？酖族女巫！妳們的塔雅．藍多神，不是說這兒很安全嗎？」

「對啊！」一下子好幾種語言一起叫了出來，似乎都在怪罪馮鳶等人。

馮鳶沒想到矛頭突然轉到自己頭上，一愣說：「我……我也不知道。」她們過去都是麒麟變體的體質，幾乎沒人對她們凶過，馮鳶頗有點不知該如何應付這種狀況，就連比較放得開的昌珠，一下也說不出話來。

「說不知道就算了嗎？」一個中年大漢憤憤地說：「我們被妳們帶到這邊來，還沒過幾天安穩日子，妳們要怎麼負責？」

「負責？」沈洛年看不下去，冷冷瞄了那中年大漢一眼說：「誰逼你來的？船不是還在嗎？現在就回去啊，誰拉著你了？」

沈洛年可是會飛的人物，這些人個個欺軟怕硬，看到沈洛年翻臉，一個個都安靜下來，另一個胖婦人卻不怕，忍不住叫：「她們騙我們，就這麼算了嗎？」

「讓你們來這兒，至少平安了幾個月。」沈洛年說：「現在世上根本沒多少安全的地方。」

「你跟她們是什麼關係？爲什麼幫她們說話！」那胖婦人似乎認爲沈洛年不會動手，潑辣地擠到他面前大嚷，口水噴得沈洛年滿頭。

沈洛年正想罵人，狄純本來一直在旁靜聽，這時忍不住湊前說：「別怪洛年和馮鳶大姊好嗎？他們……」

「又關妳什麼事？」婦人粗手粗腳地推了狄純一把，狄純本就嬌弱，這一推她立身不定，摔跌到地上，眼眶馬上紅了。

以爲我不敢揍女人嗎？沈洛年火上心頭，猛然一巴掌將那胖女人抽飛兩公尺，一下撞翻四、五個人。眾人嘩地一聲嚷了起來，這下群情激憤，不少人遠遠在後面看熱鬧般地喊打、喊殺，幾個沒腦的傻瓜聽得熱血沸騰，捲起袖子就要往沈洛年衝去。

沈洛年臉色一沉，凱布利妖炁猛然往外震出，轟地一聲周圍倒了一大片，十幾個人被那股妖炁浸體，痛得在地上打滾，哀號叫苦。沈洛年一拔匕首，大聲說：「我可不怕殺人，誰想先死？上啊！」

這下一群人往後急退，鎮長身旁幾個警察拔出手槍對著沈洛年，喝叱著要他放下武器，祭司那群人則早已搖頭退開，馮鴦等女巫則慌張地過去扶起狄純，站在沈洛年身後不知該如何是好。

「來啊。」沈洛年周身瀰漫著妖炁護體，沉著臉對警察走近，一面說：「想試試子彈有沒有用嗎？」

一般武器對變體者無用，警察早就清楚，他們雖仍舉著槍，卻不斷往後退，沈洛年此時正火大，也不管這麼許多，身子一閃，已經衝到了警察身邊，眾人還看不清楚，三個警察已經扔開手槍摔倒在地，不醒人事。

「你……你身爲變體者，欺負一般人，算什麼英雄？」鎮長一面往後退一面喊：「有辦法就去打妖怪。」

「打妖怪？我欠你的啊？我殺過多少妖怪你又知道了？」沈洛年目光四面掃過，沉著臉說：「先動手的可不是我……你們現在想講道理還是要動手？人多是嗎？媽的，看我把你們兩萬人全宰了。」

眾人雖然看不到妖炁，卻能感受到一股足能裂體的無名壓迫力不斷往外散，看著沈洛年陰沉的表情與手中發出寒光的匕首，沒人敢應聲。

「揍死那個小子！」人群後方一個人突然高聲叫。

其他人正要跟著喊，卻見沈洛年一閃，也不知道他怎麼飛的，已經把發喊那人提在空中。那人只敢躲在後面嚷，怎料沈洛年卻一瞬間衝到身旁，妖炁泛體下，他只覺得一股彷彿刀刮一般的痛楚瀰漫著自己全身，嚷不住哭叫求饒，慘呼不停。

沈洛年飄回原來的空地，把那人扔下，半浮在空中說：「不是要揍我？喊喊而已？」

那人一面叫痛一面打滾，痛苦地喊：「沒……沒有……只是開玩笑……饒了我……」

沈洛年也不追究，又望向正往後退的鎮長，兩方目光一對，鎮長呆了呆，突然轉頭對那臉上一個青紫掌痕、已經嚇呆的胖女人罵：「誰教妳隨便推人？那只是個小女孩啊，都是妳的錯。」

這一下眾人注意力轉移，都責怪起那個滿口是血的胖女人，甚至不少人開始推罵著她。那胖女人一怔，還搞不清楚狀況，已經被眾人一路往外推，過沒幾秒，只剩她一個人站在沈洛年面前，那女人沒想到情況突變，身子一抖軟倒在地，說不出話，只見地上漫開一灘黃水，卻是嚇得尿了出來。

沈洛年倒也沒想到搞成這副模樣，他目光四面掃過，有點困惑……他們把這女人送在自己面前幹嘛？自己又沒說要找她，剛剛那一巴掌已經夠了。

沈洛年正望著那女人皺眉，狄純卻奔了過來，拉著沈洛年的手驚呼：「洛年！別……別動手。」

狄純一接近，沈洛年就收起了妖炁落地，他回頭說：「有沒有受傷？」

「沒有、沒有。」狄純忙搖頭，一面說：「我只是……自己不小心跌一跤，不關她的事。」

「胡扯！」沈洛年說。

「真……真的，我沒事。」狄純低聲說：「別這樣……那些人，怎麼辦？」她指的是那些受妖炁浸體、還在哀號的人。

確實挺吵的，沈洛年皺起眉頭，往前邁步，伸手探向那些哀號者，以道息將妖炁化盡，反正他們體內沒有炁息，無須顧忌。

道息一浸，那些人倏然間痛苦盡失，一個個翻身爬起，驚慌地往外逃命，連謝謝都不敢說；圍觀人們眼看沈洛年動手救人，一些人大著膽子，把那幾個警察也救了起來，只有那個胖女人還軟癱在那兒，沒人理會。

這女人放在這兒也不是辦法，沈洛年想了片刻，突然大聲喊：「鎮長？跑哪去了？」

鎮長不敢應聲，縮在人群裡面往後躲，但知道他在哪兒的人卻不少，沈洛年順著眾人的視線望去，兩方目光一對，鎮長這才逼不得已往前走，走近一看，卻發現沈洛年似乎臉色好看了些。他鬆了一口氣，連忙堆出滿臉笑說：「這位英勇的變體年輕人，不知道該如何稱呼？」

「不重要。」沈洛年目光轉過，望著那胖女人說：「那女人……」

「那臭肥婆竟敢對尊貴美麗的小姐動手，我馬上派人把她抓起來！」鎮長忙說，那幾個才清醒不久、躲在一旁的警察，聞言連忙把那女人上了手銬、腳鐐，拖了下去。

「呃？」沈洛年其實是想問怎沒人救走那女子，但抓走那女人倒也無所謂。他沒再多說，正想轉身，但剛剛退開的祭司，又不知從哪兒踏了出來，開口說：「先生，請幫助我們。」

沈洛年一愣，還沒回話，祭司接著說：「若不南遷，我族大小，還有庫克鎮所有人都會死……神靈已棄我們而去，請幫幫我們。」

鎮長這才聽懂了祭司在說什麼，他馬上精乖地說：「正是，拜託先生幫忙，我們這些普通人……實在沒辦法對付妖怪。」

對方可是這次道息大漲才來的妖怪，那代表比山馨、羽麗那種千年仙獸還厲害，自己怎可能打得過？沈洛年沉著臉沒吭聲，卻見馮鳶走近說：「洛年，你有辦法嗎？」

「我打不贏的。」沈洛年搖頭。

「那怎辦呢？」馮鳶迷惑地說：「這兒也不能久待啊。」

「我把妳們幾個帶走吧。」沈洛年低聲說：「六、七個人我還帶得動。」

馮鳶一怔，搖頭說：「不行啊，我們……我們在這兒也有朋友親族，怎能拋下他們自己走？」

對了，酖族人也不少……這可麻煩了。沈洛年沉吟片刻，還沒做出決定，祭司嘆息說：「若先生也沒辦法，我們也沒有其他人可以求援……只能等死了。」

鎮長忍不住又說：「完全沒有別的辦法了嗎？我們……不能搭船繞過去嗎？」

祭司搖搖頭說：「在陸塊到達大海中央的新島之前，這大浪不會停止的，沒辦法出海。」

鎮長回頭看著那波濤洶湧的大海，吞了一口口水，回頭對沈洛年說：「變體者先生，千萬拜託，救救大家。」

沈洛年皺起眉頭說：「我離開這兒的時候，我朋友的安全，你能保護嗎？不會發生剛剛那種事？」

鎮長還沒來得及開口，那原住民祭司已經接口說：「請先生放心，本族勇士願承擔這個責任，一切由我負責。」他手一揮，一群原住民奔了出來，站在祭司身後。

這祭司看來比鎮長可靠，沈洛年稍感安心，他沉吟一下說：「我去看看。」

「洛年？」狄純抓著沈洛年說：「我也去。」

「妳去看戲嗎？」沈洛年翻白眼說：「我是去打架，妳又幫不上忙。」

遇到強敵時有自己在，確實只是拖累……狄純癟起嘴低下頭，低聲說：「我……要是也引仙就好了。」

「我感覺打不過會逃的，沒帶妳比較好逃。」沈洛年轉頭對馮鴦說：「鴦姊，麻煩幫我照顧小純。」

「好，你放心。」馮鴦點點頭走近，扶著狄純。

「你要去了嗎？」狄純一驚說：「你……左手還沒好。」

「好了啦，這麼久了。」沈洛年拉起袖子說：「看。」

狄純只見沈洛年左手原來的青紫腫脹變形果然已消失，只有小臂中段隆起一條蚯蚓般的癒合傷痕，就這麼古怪曲折地繞了一圈，她輕撫著那圈傷口，想到當時的狀況，眼淚又忍不住滴了出來。

「愛哭鬼。」沈洛年摸摸狄純的頭，身形緩緩浮起，腳下妖炁一迸，彷彿不用加速一般，只一瞬間已經飛出老遠，過沒多久就消失在地平線之外。

□

沈洛年一面飛，一面問：「輕疾，那兒來了什麼妖怪？」

「梭狪。」輕疾說。

「什麼東西？」沈洛年皺眉說：「我打得贏嗎？」

「此爲非法問題。」輕疾說。

又來了，沈洛年換個問題說：「有幾隻？多大隻？」

輕疾又說：「此爲非法……」

「好啦、好啦！」沈洛年說：「那有什麼可以跟我說的？」

「是。」輕疾說：「梭狪是狪狪繁衍過程中變化出來的生物。」

「狪狪又是啥？」沈洛年大皺眉頭說：「你解釋一種妖怪，一定要扯上別種妖怪嗎？」

「那麼簡化一點。」輕疾說：「狪狪外型似豬，本是個敦厚善良、與世無爭的妖物，特色是在體內養珠，偶爾取出玩弄自娛。」

「像『豬』的妖怪養『豬』自娛？」沈洛年皺眉問。

「養珠，是珠寶的珠，此珠乃精氣所化，質輕而固、無光自明、可辟水火，還可以藉主人妖炁自由飛行。」輕疾說：「人稱狪珠，是種異寶。」

「喔？」沈洛年說：「這和梭狪有什麼關係？」

「許多妖仙都想取得狪珠，所以狪狪往往被人捕殺，後來接近滅絕。」輕疾頓了頓說：「曾有一隻狪狪，僥倖逃出了圍捕，從此性格大變，以絕大妖炁改變了自身的存續方式，成為一種個性凶狠的變種，他的後代就是後來的梭狪；他們將狪珠煉成飛梭，並增加數量、減少體積，降低了狪珠的價值，卻增加了攻擊力，任何看似有靈智的生物接近他的生存範圍，都會以飛梭攻擊。」

聽來也有點可憐，沈洛年頓了頓說：「那傢伙可以溝通嗎？能不能麻煩他讓人類通過？」

「那是生命力遠大於精智力的妖物，多以本能活動。」輕疾說：「無法以言語溝通。」

那可就有點麻煩，沈洛年皺眉說：「也就是說，想過去的話，除了宰了他之外，沒有別的辦法？」

「若實力遠勝對方，讓他覺得無法抗衡而逃離，也是一個辦法。」輕疾說：「但這機會不大。」

當然機會不大，自己根本不可能打得贏……沈洛年感覺已經飛出頗遠，正一面飛一面四面張望地說：「我沒感覺到妖炁？」

「強大的妖仙，收斂的能力也強。」輕疾又說：「你以這種速度穿過，恐怕彼此還沒能感應到，你就已經遠去了。」

「唔……」沈洛年放緩了速度，緩緩在一片草原上飄行，一面說：「這樣呢？」

「可以。」輕疾說：「你影蠱妖炁並未收斂，具有足夠的吸引力。」

沈洛年飄過草原，往東又進入了一片密林區，正打算轉換方向的時候，突然西南方一股妖炁爆起，對著這方向衝來。

來了。沈洛年深吸一口氣，轉向迎了過去。

兩邊速度都快，短短幾秒之間，兩方距離迅速縮短，已經到了目力可及之處。沈洛年目光望去，果然是好大一隻彎角山豬，那梭狪體長兩公尺餘，巨大的豬鼻兩側勾起一雙白色彎角，渾身鬃毛剛硬如刺，看來十分威猛。

沈洛年本來其實有點提心吊膽，對方若真的比成年的山馨、羽麗還強，自己怎麼可能打得過？但仔細感應過去，對方似乎只和山芷、羽霽差不多，倒不是完全不可能應付……

但也不能硬碰就是了，自己的妖炁欺負普通人可以，打妖怪可不夠，頂多拿來提高速度。當下他拔出金犀匕，一面不斷挪移位置，一面向著對方欺近。

這時沒有狄純這個負擔，沈洛年只有衣物的質量，只見他有如閃電，在空中快速變換，彷彿同時出現了許多半透明的分身，看不出他眞正的位置。

那奔來的梭狪一頓，突然張口，猛然從口中噴射出冰泉般的一束光華，朝沈洛年那群幻影飛去。

這是什麼東西？沈洛年微微一怔，不過不管那是什麼東西，在沈洛年閃避下，早已失去準頭，他不予理會，繼續向對方衝，但就在這個時候，那串有如冰泉的光華突然爆散開來，彷彿煙火一般地向著四面八方飛射，張開了好大一片範圍，朝沈洛年急包。

媽的！那是什麼？沈洛年啓動著時間能力細看，見到千百個指粗的半透明梭狀晶體，正在空中快速地飛旋轉動，而且數量雖多，那無數的軌道卻涇渭分明，各不相干，就這麼在空中交織出一片龐大的銀光，向自己包來。

這就是飛梭嗎？簡直像是天羅地網，該怎麼躲？沈洛年大吃一驚，往後急閃，他的瞬間速度畢竟極快，對方還沒把他包入，他已經逃了出去。沈洛年眨眼飛退出百餘公尺，嚇出一身冷汗，剛剛若被那堆蘊含著強大妖炁的飛梭打上，就算運起闇靈之力，恐怕也擋不了幾下。

沈洛年這一退，地上的梭狪踢地急追，空中的飛梭也彷彿有靈性一般地追著沈洛年，速度竟不比他慢。

自己得接近了才能攻擊……沈洛年當下轉換方位急繞，想閃過這大片飛梭，以便接近對方。

但梭狪雖未必能看清沈洛年的去向，至少可以感應凱布利的妖炁，大方向總能掌握。而飛梭乃大範圍攻擊，只要知道大概方位，就這麼四面八方包了過去，沈洛年總不能不躲，幾次盤旋換位，只見飛梭越追越近、越逼越緊。

這樣根本無法欺近，沈洛年急問：「牛精旗有用嗎？」一面伸手要掏。

「沒用。狪珠可辟水火，化爲飛梭後效果雖差了不少，但驅散霧氣不難。」輕疾說。

媽的，沒招了，沈洛年暗叫不妙，轉身往後撤，卻發現居然連逃跑也頗困難……飛梭轉折靈動也許不如沈洛年，但速度可快上不少。

眼看著那大片光華即將追近，沈洛年正被逼得折向而逃間，倏然想起輕疾剛剛說的狪珠特色，果然是「質輕而固，可藉主人妖炁自由飛行」，而且從珠型變化成小型飛梭，飛行速度當然更快。這隻梭狪的妖炁，一大半都轉移到了這些飛梭上，自己要眞被追上，不被轟成碎肉團才怪，就算穿著血飲袍也沒救。

萬一眞被追上，看樣子只能用闇靈之力保命了，但闇靈之力一用，道息效果馬上消失，質量倏然恢復，別說轉折速度大減，直線逃命速度也會慢上不少，這樣還逃得掉嗎？或用闇靈之力回頭跟他拚了？這精智力低弱的傢伙吸起來可不補。

他並沒多少時間可以考慮，眼看一大片飛梭即將追上，沈洛年正暗暗叫苦時，發現身後壓力陡然消失，卻是那大片飛梭突然轉向回飛，集中成束，又收回了那梭狪的腹中。而那似豬的妖獸正邁開四足，對著自己追來。

看來對方操控的距離有限？還好飛梭雖然快，那豬頭本身卻沒這麼快……媽的，眞險！若在半個月前，還不會使用凱布利妖炁時就遇到這妖怪，自己可眞是死定了。眼見對方腿短，沈洛年哪敢遲疑，馬上加速北飛，逃之夭夭。

ISLAND
上輩子欠妳的

「打不過、打不過，小命差點送在那兒。」沈洛年抹開一頭冷汗，一面罵輕疾：「你怎不告訴我那飛梭是這樣打法的？」

「戰鬥技巧爲非法問題。」輕疾說。

「會死人耶！」沈洛年罵：「不是來幫忙的嗎？提醒一下會怎樣？」

輕疾說：「本體協助你的目的，是避免你濫用闇靈之力，並非協助你保全性命。」

沈洛年一呆，這才想到，自己萬一死了，后土才眞的高枕無憂，這傢伙可算不上自己朋友，還是得靠自己才行。

那妖怪梭狪也不見得多強，但這種打法剛好剋死自己……若自己能同時運用道息和闇靈之力，只要把道息散出，使得那些飛梭上的妖炁散化，之後剩下單純的物力，就可以靠闇靈之力輕鬆抵禦……問題就是不能同時用。

而這妖怪當眞是完全無法溝通，看到人二話不說就殺了過來，若庫克鎭那兩萬多人往南走，不被那些飛梭殺光才怪。

怎辦？能不管那些人嗎？雖然剛剛那批傢伙很討厭，但就算不管那些人，酖族女巫過去和最近都幫了自己不少忙，可不能不管……若有人能幫忙抵擋就好了。

想到此處，沈洛年自然而然想起賴一心、葉瑋珊等人。

賴一心他們炁息強度遠強於自己，若組成陣勢，應付這隻妖怪應該不難，而且那熱血笨蛋這麼喜歡到處救人，知道這兒有兩萬人快沒命，一定搶著過來……至於葉瑋珊要怎麼解釋和自己聯繫的事，就讓她去想好了，反正她挺聰明，會有辦法。

當下沈洛年對輕疾說：「我想找白宗葉瑋珊，但可以不讓其他人發現嗎？」

「可以。」輕疾說：「我們會進入耳中才留話。」

「那好。」沈洛年說：「我要請她有空的時候找……」

「請稍等。」輕疾突然說：「白宗葉瑋珊要求通訊。」

「呃？」沈洛年一愣說：「不是開我玩笑吧？這麼巧？」

「不是。」輕疾語氣平淡地說。

這土精分身和機器人一樣，諒他也不會開玩笑，沈洛年當即說：「接過來。」

「洛年？」葉瑋珊的聲音似乎有點焦急。

「是，我正想找妳呢。」沈洛年笑說。

「我……」葉瑋珊遲疑了幾秒，才說：「我們被困住了。」

沈洛年一怔，收起笑容說：「怎麼？出了什麼事？」

「剛剛地震，山洞崩了很多地方……我們被困在裡面。」葉瑋珊聲音雖然帶著幾分焦慮，卻還算冷靜，她緩緩說：「那女孩知道的通道都崩塌了，我們又不敢亂挖，可是地震還震個不停，如果連這兒也塌了……」

「不會吧？」沈洛年吃驚地說：「完全沒路走了？」

「有路，正想辦法找……但這地方通道很複雜。」葉瑋珊頓了頓說：「我想……通道的路線，也許可以詢問輕疾，所以我打算這幾天釋放炁息給輕疾，換取一次詢問的機會。」

「啊？問輕疾？」沈洛年一愣。

「你沒聽說明嗎？」葉瑋珊輕嗔說：「輕疾的說明有啊，可以花一定量的炁息，換取十分鐘時間使用多功能型，可詢問任何常識性問題，雖然我引炁最快，但也要連續釋放給輕疾數日，才能達到要求，可惜不能使用玄界存好的，否則就不用等了。」

要花這麼多炁息才能問十分鐘？沈洛年一時可真說不出話來，自己都免費亂問，還眞是佔了后土不少便宜。

葉瑋珊頓了頓說：「現在仍不斷地震，我也怕問出路徑後又被地震毀了，還在想怎麼安排比較妥當，但總之暫時不能……」

「等等！」沈洛年說：「我去找你們。」

「什麼？太危險了，別來！」葉瑋珊頓了頓又說：「而且你在海上不是會迷路嗎？」

「我……」沈洛年不便解釋，直接說：「妳們在哪兒入洞口的？」

「我不知道地名，這兒又沒有人可以問……」葉瑋珊頓了頓說：「我們該是從Kota Tinggi北邊入山的。」

「什麼狗打丁？」沈洛年大皺眉頭。

「有人翻譯成『哥打丁宜』……」葉瑋珊忍不住嗔說：「反正中文、英文你還不是都不知道，問來幹嘛？」

「妳跟我說清楚就是了，我想辦法。」沈洛年說。

葉瑋珊停了片刻才說：「我們從已經沒人的Kota Tinggi附近北上，入森林不到五公里遠，就遇到盤據在那附近的狼妖。後來遇到那女孩，把我們往西北帶，在山中走了大概……不到十公里遠，就從一個隱密的山谷進入這山洞……那附近地名我就不清楚了。」

有這些資訊，也許輕疾已經可以指引自己找過去。沈洛年當下說：「你們別心急，我盡快過去……飲水夠嗎？」

「我們隨身都有攜帶可以支撐數日的食水。」葉瑋珊頓了頓，似乎沒什麼把握地說：「省一點的話……應該可以支持一星期以上吧，我也沒經驗。」

雖然沒經驗，至少比自己謹慎多了，沈洛年說：「好吧，你們小心點，我馬上想辦法。」

葉瑋珊喊了一聲：「洛年……」

「嗯？」沈洛年說。

「沒把握貞的別來，這兒太危險。」葉瑋珊低聲說：「我不想讓你也陷在這兒，萬一……你幫我照顧舅舅和舅媽好嗎？」

「關我屁事！自己照顧！」沈洛年打斷說：「省點炁息，等我跟你們聯繫。」

葉瑋珊發急了，大叫：「洛、年！」

「就這樣吧，再見。」沈洛年眼見庫克鎮遠遠地出現在眼前，不管三七二十一便結束了通訊。

再度回到那庫克鎮民暫時聚集的地方，得到消息的人們又圍了上來，不過這次眾人大多站得遠遠地，不敢隨便靠近。

經過了不久前的衝突，除了本就認識沈洛年的人之外，這裡的人們，對他都頗有些畏懼，有些人甚至頗爲憎惡，只不過當團結也不是力量的時候，大家也只能敢怒不敢言。

當然也有像鎮長那種人，能夠順應時勢地擠出一張笑臉。沈洛年回來的時候，他還在和馮鴦、狄純等人敘話，頗想多挖出點沈洛年的資料。

所以沈洛年剛落下，鎮長就湊了過來，一臉堆笑地說：「沈先生，我剛剛才知道，您在噩盡島上可是殺了無數妖怪啊，果然不愧是英雄。」

沈洛年微微一愣，見馮鳶等人正一臉無奈地對自己打眼色，不禁對這見風轉舵的傢伙有點厭煩，他也不應這句，只說：「我打不過，那妖怪很強。」

這話一說，周圍一片死寂，鎮長的笑臉也垮了下來，面對這凶狠的少年，眾人已經毫無抵抗能力了，比他還強的妖怪，那不是完了嗎？

這時祭司也已經擠入人堆，一面對沈洛年行禮說：「沈先生，不知那妖怪是什麼來歷？」

沈洛年看這祭司比較順眼，點頭說：「那妖怪叫作梭狪，是狪狪的一個變種，會吐出大片飛梭攻擊敵人……速度十分快，我能力不足，打不過。」

其實誰也不知道梭狪、狪狪是什麼東西，但見沈洛年說得煞有介事，也只好姑妄聽之。眾人愣了片刻，鎮長才結巴地說：「那我們……只能在這兒等……等死嗎？」

怕死的這種心態，沈洛年倒不會看不起，想想對馮鳶說：「我想去找白宗的人過來幫忙。」

「白宗」是什麼東西？周圍眾人面面相覷間，馮鳶一喜說：「他們也很厲害啊……洛年，你知道他們的下落？」

「在馬來半島……他們幾個一直都在進步，來了的話，應該能打贏。」沈洛年說：「順利的話，幾天內就會過來，如果不順利……」

「怎會不順利。」鎮長見突然又有希望，忙說：「一定會順利的。」

沈洛年不想說出他們也正受困，免得更增加馮鴦等人的憂心，只說：「那兒也有強大的妖怪纏著他們，能不能脫身很難說，如果我幾天內沒回來，就是我也陷在那兒了，你們就自己想辦法吧。」

鎮長遲疑地說：「你……沈先生，你不會忘記我們吧？」

沈洛年瞪了鎮長說：「我若要甩掉你們，現在就可以直接甩掉了，幹嘛客氣？」

這話從一個擺明自己是惡棍的人口中說出，倒也頗有說服力，鎮長不知該怎麼接口，只好苦笑說：「希望沈先生一路順利，請問您什麼時候要出發？。」

「這兒的時間也很緊迫，我這就走。」沈洛年轉過身，卻見狄純正一臉認眞地站在自己眼前，一面把薄被往自己手裡推。

沈洛年莫名其妙地把被子接到手中，呆了片刻，這才突然明白狄純的意思，他忍不住好笑，一把將被子塞了回去說：「危險啦，妳別去。」

「我要去！」狄純又把被子塞過去，繃緊小臉說。

沈洛年總不好推來推去，抓著被子皺眉說：「我只是去接人，妳跟著幹嘛？」

「你剛說可能回不來，我不要……我不要一個人在這。」狄純眼眶又紅了起來。

沈洛年突然想起，狄純在這兒畢竟無親無故，馮鴦等酖族人又只是初識，若自己久去不歸，萬一有人把氣出在她頭上，那可麻煩，而且自己這一去，若眞沒法帶著救兵回來，她留在這兒反正也是個死而已……畢竟洞穴探路不是打架，有沒有帶她影響倒不算大。

狄純見沈洛年思索著沒說話，忍不住又說：「還有，我……我要去找瑋珊小姐引仙。」

「妳怎知道……」沈洛年一頓，恍然說：「藍姊跟妳說的？」

「嗯。」狄純低聲說：「藍姊說……現在世上只有她和瑋珊小姐會引仙，我們既然不能再去找藍姊，那……只能找瑋珊小姐啊，上次都是我不好……」說著說著，眼淚又開始滴了。

「愛哭鬼。」沈洛年轉身蹲下說：「媽的，我一定是上輩子欠妳的。」

狄純馬上破涕爲笑，她跳上沈洛年的背，想了想，湊近他耳畔，紅著臉輕聲說：「慢慢還沒關係，不夠還有下輩子。」

「妳還當眞啊？呿！」沈洛年綁緊了狄純，對馮鴦等人揮了揮手，操控著任勞任怨、毫無反應的凱布利，向著西北方飛去。

□

飛往馬來半島，距離比噩盡島稍近，路上大小島嶼眾多，不怕缺水，偶爾經過不錯的風景地，沈洛年還稍停了片刻，也讓這兩日一直趴在自己背上的狄純，略作休息。

之前往東飛，基本上時間會變晚，但此時往西飛，可就變早了，所以沈洛年雖是近午時分離開，又飛了四、五個小時，但馬來半島這兒，依然是中午時分，卻非烈日當空……原來馬來半島東岸正下著傾盆大雨；沈洛年不知此時這兒正值雨季，眼看前方烏雲密布，雨水嘩啦啦地往下灑，一時頗有點進退維谷。

「不過去了嗎？」狄純低聲問：「雨會下多久啊？」

「不知道。」沈洛年自己倒不怕淋雨，但身後那嬌弱少女萬一感冒可麻煩。

「可以把凱布利變成中空的，躲進去嗎？」狄純又問。

「不行。」沈洛年說：「裡面現在有妖炁，妳受不了。」

「那上次裝水的時候呢？」狄純訝異地問。

「那時只有表面有一絲妖炁，但這樣飛很慢。」沈洛年過去沒讓凱布利多吸收道息的時候，凱布利一向自動讓妖炁分布在表面上。

「喔……」狄純想了想又說：「其實我一直想問。」

「怎麼？」沈洛年說。

「你踩在這弧面上，久了腳不會不舒服嗎？」狄純問。

「其實還好，主要是妖炁固定著……」沈洛年想想皺眉說：「妳太閒了嗎？注意這種事情……牠背就是圓的，不然怎麼辦？」

「不能像裝水時一樣翻過來嗎？」狄純有點怕沈洛年生氣，小聲地說：「那時……你帶我坐上面比較舒服。」

「唔……」沈洛年一愣，往上輕躍，腳下的凱布利順勢一翻，這下踩在腹面平整處，果然比較舒適。沈洛年抓抓頭說：「確實比較好，多謝了。」

「嘻。」狄純挺高興能幫上忙，輕笑了一聲。

「嗯……」沈洛年突然蹲下身，抓著凱布利那縮在腹面的黑色影狀節足唸：「這能不能動啊？」

「怎麼了？」狄純正問，卻見凱布利的六隻節足，突然同時彈了一下，往外揮了揮。

「隔了一層，好難控制。」沈洛年似乎正花著心思調整那六足，只見凱布利的六足一面亂揮一面甩動，不時往兩人站立的位置靠近。

狄純看得花容失色，忍不住驚呼說：「洛……洛年，快打到你腳了……」

「嗯。」沈洛年往頭端那兒走近，讓開那六足，他正開啟著時間能力調整，搞了好半天，才把凱布利的六足末端聚集在一起，彷彿一個六角矮籠般地交錯著。

「這樣應該可以吧？」沈洛年望著凱布利說。

狄純試探地問：「做什麼呀？」

「試試看。」沈洛年腳下的凱布利突然脹大一倍，變成三公尺餘，跟著又是一翻回正，繞到上方，沈洛年則飄入那六足勾起的籠子裡說：「這樣就可以躲雨。」

「咦？」狄純看著兩人坐在凱布利的腳架上，不禁覺得有點新奇。

「變大了風阻也變大，妖炁不能太少……」沈洛年自語說：「要擋雨還得稍微前傾一點。」而隨著沈洛年的言語，凱布利體內的妖炁充溢，微微低頭，往雨中飛了進去。

但沈洛年完全搞錯這種速度下的空氣流動效果，別說三公尺了，就算最大的五公尺也擋不了雨，兩人一妖剛穿入雨中，滿面的水滴從前方打了進來，沈洛年馬上半身濕透，滿面是水，躲在身後的狄純倒是還好，只有手腳沾濕，另外就是被單濕了半片。

「不行。」沈洛年只好讓凱布利慢下，這一慢，雖能有效避雨，卻不知要飛多久了。

這可有點傷腦筋了，要不要先衝去目的地，再想辦法把狄純弄乾？沈洛年正思考，突然感覺不對，他目光往東北方轉，卻見雨中遠遠似有兩個小點正往這兒快速衝來，竟是兩個妖炁內斂、感覺頗強大的妖怪，而那妖炁似乎挺熟悉的……不過在雨中實在看不清楚，沈洛年忍不住往那個方向飛，想早點確認自己的猜測。

過沒多久，那兩股妖炁已經一前一後衝近，一個小小的身軀衝入那六角籠，哇地一聲撲到沈洛年懷中，大聲嚷：「洛年！洛年！洛年！」

另一個小身軀只飄入凱布利之下，便停了下來，一面有點疑惑地上下看看才說：「居然眞的是你……這黑黑的是什麼妖怪？」

這兩個看似八、九歲，種族不同的漂亮女娃兒，正是許久不見的小窮奇山芷與小畢方羽霽，她們穿的衣服略嫌破舊，但還算整齊，也許最近比較少打架了，而在妖炁的保護下，她倆全身倒是保持著乾燥，並沒讓雨水淋濕。

「小芷、小霽！」果然是這兩個小鬼，沈洛年大喜說：「妳們怎會在這兒？」

「收掉、收掉！」山芷指著凱布利嚷：「妖炁太多！」

難道附近有強大妖怪？凱布利妖炁完全沒法收斂，倒沒想到這樣太招搖了。沈洛年一驚，將凱布利化爲薄片擋雨，多餘的妖炁則順著自己手臂吸入。

山芷露出笑容，正要往沈洛年頭上爬，突然目光和沈洛年身後的狄純對上，雙方都是一驚，山芷哇哇怒叫：「誰？洛年我的！」

狄純沒想到這漂亮小女孩這麼凶，詫異地小聲說：「洛……洛年……？」

「這是我朋友。」沈洛年好笑地說：「她不會飛啦，我只好揹著她。」

「下去、下去，躲起來。」山芷拉著沈洛年往下飄，帶著他鑽到了一片山林之中。

四人找了個山坳處避雨，沈洛年解下了狄純，給兩方做了很簡單的介紹。

山芷和羽霽對狄純才沒興趣，山芷見狄純離開沈洛年背後，撲上沈洛年肩上的老位置，開心地抱著沈洛年腦袋，笑嘻嘻地拍著，羽霽則還是老樣子，不大高興地站在一旁。

「別拍了啊。」沈洛年苦笑說：「剛說要躲誰？這附近有敵人嗎？妳們媽媽呢？」

「笨小芷就在躲媽媽。」羽霽沒好氣地說：「不關我的事情喔。」

「那妳回去找姨姨！」山芷用那嬌嫩軟綿的聲音，凶巴巴地說。

「我不要自己回去。」羽霽噘起嘴說。

「媽媽、奶奶會罵我。」山芷對沈洛年說：「我們收妖炁，她們就找不到。」

「奶奶？」沈洛年一怔說：「妳們奶奶也來了？」

「晚上地震前剛來的。」羽霽瞪著沈洛年說：「你幹嘛跑來我們家附近？還把妖炁亂七八糟地散出來！」

「呃……妳們住這邊？」沈洛年問。

「對！北邊——」山芷笑咪咪地說。

沈洛年一番追問之後，這才知道，當初和懷眞分開後，窮奇和畢方兩族定居在北面數百公里外的一處山區中，今日道息濃度提升，她們長輩才抵達不久，旋即天下大震、陸塊移動，山馨、羽麗居住的山谷也毀了，當下四散尋找適當地點搬遷，這兩個小鬼被指派了往南飛。飛著飛著，山芷突然感覺到沈洛年過去曾冒出的妖炁氣味，當下馬上往這兒衝，羽霽無可奈何，只好追了過來。

兩方一會面，山芷第一件事就是要沈洛年把凱布利的妖炁散去，否則她母親若是感應到了，說不定也會尋來，這樣可會被抓回去，還得和沈洛年分開。

沈洛年到這時才弄清楚，收斂凱布利妖炁原來是爲了怕被抓走，沈洛年一怔說：「妳們媽媽……還有奶奶會擔心的。」

山芷抱著沈洛年脖子搖頭：「我要洛年。」

「這……」沈洛年苦笑看著羽霽說：「妳不怕挨罵嗎？」

「我想和小芷一起啊，都是你啦！害我得一起躲。」羽霽生氣地頓足說。

沈洛年一轉念說：「至少用輕疾報個平安？」

「不要。」山芷搖頭說：「媽咪會罵。」

「我才不要一個人挨罵。」羽霽也嘟嘴說。

沈洛年本就沒耐性哄小孩，見兩人堅持不要，也就罷了，但看羽霽在旁一臉不愉快，沈洛年想想說：「小芷，別老抱著我腦袋。」

山芷探頭說：「懷眞姊姊不在，洛年我的。」

「就算是妳的，也不用一直抱吧？」沈洛年苦笑說：「也要陪小霽。」

山芷思考了片刻，這才跳下來，和羽霽牽起手，一面帶著敵意看著狄純，警告說：「洛年我的！」

而羽霽這時表情才稍微和緩，拉著山芷的手低聲叨唸著，也不知正抱怨什麼。

狄純還不知道兩人其實是妖怪，她自然不會和一個小女孩一般見識，只苦笑看著沈洛年說：「這是……怎麼回事？」

「這……她喜歡我的氣味。」沈洛年想起眞正理由就不很甘願，搖了搖頭說：「我和她們也一個多月沒見了。」

沈洛年有什麼氣味？狄純忍不住嗅了嗅，雖不討厭，卻也不覺得多好聞。

沈洛年目光轉過，望著兩小說：「我剛一直想問，妳們背上揹著什麼？」

「武器！奶奶給我的。」山芷從背後取下了一支手臂長的小棍子，前端有著五根梳狀銳利小刺刀，彷彿釘耙一般。

「會不會太小啊？」沈洛年詫異地說。

「這是精體，灌炁會變大！」山芷正想表演，羽霽皺眉一扯說：「笨小芷，一聚炁，姨姨就發現啦。」

「呀？」山芷連忙縮手說：「太近，不能灌。」

被發現不是正好抓山芷回去嗎？沈洛年看著羽霽暗暗好笑，看樣子她其實也挺想溜出來玩，只是不肯承認，不然若只靠小草包山芷一個人，恐怕不到半天就被逮了。沈洛年也不揭破，只說：「小霽也有武器嗎？一樣要妖炁才會變大？」羽霽背後有兩根柱狀物，交叉揹著，看來也不很大，所以沈洛年這麼問。

羽霽卻白了沈洛年一眼說：「我的不給你看。」

「好吧。」沈洛年對兩人說：「我還有點事情，妳們……真想跟著我的話，要不要先去哪兒等等？」

「一起去。」山芷說。

「可能有危險。」沈洛年搖頭。

「幫你！」山芷揮著小釘耙說。

「不是打架。」沈洛年說：「我幾個朋友地震後陷在山洞裡面，我要去救人。」

「幫你！」山芷揹回釘耙又說。

「這……」沈洛年一轉念，只要不是太深入地下，一般小山恐怕也壓不住這兩隻妖怪，帶她們去說不定真可以幫忙，沈洛年不再多說，對狄純招手說：「我揹妳。」

「吼！」山芷見狀，先一步撲上沈洛年後背，生氣地說：「我的！」一面對狄純齜牙咧嘴地瞪眼，嚇得狄純不敢接近。

「小芷。」沈洛年微皺眉頭說：「小純只是普通人，不揹著跟不上我們的。」

「這邊我的！我的啦！」山芷一面拍著沈洛年肩膀一面嚷。

沈洛年拿她沒辦法，只好利誘，當下開口說：「妳到前面來，讓我抱著，這樣比較舒服吧？」

山芷卻搖頭說：「前面，懷眞姊姊的！」

「呃……」沈洛年揮手說：「懷眞閉關去了，暫時借妳。」

山芷遲疑了一下，最後才似乎同意了，爬到沈洛年胸前說：「現在這邊我的？」

「好啦，都妳的啦。」沈洛年抱著她哄了哄，才說：「先下去，沒事才抱妳。」

山芷這才跳了下去，和羽霽牽手等著。沈洛年終於可以順利揹起狄純，眼看外面雨還下個不停，沈洛年和兩小一商量，當下喚出約莫比汽車稍大，不灌入妖炁的空心凱布利，他和狄純縮在裡面躲雨，只讓外層那一點妖炁托起，由山芷和羽霽兩人平貼在蟲腹下，各推著一隻腳往前飛，讓這一個黑色大蟲殼，就這麼在雨中往前高速飛行。

□

按照輕疾的指引，沈洛年好不容易找到了山洞的入口，四人折了好幾段樹枝當火把，點燃了往內走去。

沈洛年還沒進入洞口，就感覺到葉瑋珊等人的炁息，問題是就算感覺到，可也不知該怎麼走過去，只能靠著輕疾引路。

隨著越走越深，裡面洞道也越來越是複雜，不時需要竄高爬低，有些地方寬敞得彷彿球場，有些地方卻得矮身攀爬，若不是輕疾指路，當眞找不到方向。

這兒似乎是古老的地下河道，經數千萬年不斷侵蝕沖刷而成，變化多端，曲折難測，偶爾還會看到不知來由的水流淙淙流過。沈洛年一面走一面暗暗駭異，就算葉瑋珊當眞聚集了炁息詢問輕疾，短短十分鐘，恐怕連十分之一的路途都沒辦法弄清楚。

而四人一面走，地面還不停地搖，有時走到一半，沈洛年還會突然決定往回走，卻是輕疾告知前面的路又崩了，只好換方向。

狄純和山芷雖然原因頗有不同，但都是只要能跟著沈洛年，就沒有其他意見，只有羽霽一面走一面抱怨，看到沈洛年突然說要轉頭，更是唸個不停。沈洛年也不好解釋，只好隨便打馬虎眼混過去，反正羽霽也不大想和沈洛年說話，見他說不出所以然來，也懶得追究。

但走著走著，沈洛年自己也越來越覺得不對，忍不住低聲說：「有這麼遠嗎？」

「原來的路不通，繞路就遠了。」輕疾說。

這也有道理，沈洛年突然想起梭狪的事情，忍不住又說：「你不會把我們帶到什麼危險的地方去吧？」

「我指引你到達目標的路線。」輕疾說：「若某些情況牽涉非法事項，導致途中有什麼遭遇，與我無關。」

媽的，果然不大保險，沈洛年提高了注意力，感應著周圍的狀況，一面不斷往前邁步。

走著走著，走最前面的沈洛年突然感覺不對，揮手說：「等等。」

「什麼？」山芷湊近往前聞，羽霽早憋久了，也忍不住湊過來東張西望。

「好像有感覺到什麼……」沈洛年說。

「有不認識的味道。」山芷也說。

看著前方略嫌狹窄的洞道，沈洛年不禁有點遲疑，此時輕疾突然說：「左邊。」

「什麼左邊？」沈洛年詫異地說，這兒又沒有岔路，如何轉左？

「左方石後。」輕疾又說。

沈洛年一怔，繞過左手一顆人高巨石，往後看，依然什麼都沒看到，正想說話，輕疾又說：「推洞壁。」

沈洛年一呆，伸手輕推山壁，卻見洞壁緩緩往內陷入，跟著自動向旁邊滑開。

「這啥？」沈洛年大吃一驚，這深邃繁複的洞穴之中，怎麼會有人造機關？

「咦？」「啊？」「呀？」狄純、山芷、羽霽看到通道，也一起叫了出來。

「路！」山芷嚷。

「怎麼……怎麼知道的？」狄純低聲問。

「你爲什麼認得這裡的路？」這是羽霽。

沈洛年在這一片亂中，正皺眉聽輕疾說：「毛族，又稱毛民，是一種妖炁不多的溫馴矮小類人妖族，一向居住地底洞穴，這兒是他們的居所。」

「我感覺到的雖不明顯……但不像很弱。」沈洛年低聲自語說：「危險嗎？怎不早說？」

「不一定。」輕疾說：「現階段來說，通過毛族的地道，是到達你指定目標的最可行路徑，還是你想換更遠的路？」

換另外一條路，說不定又遇到崩塌，那可就沒完沒了了，還是往這兒走；沈洛年回頭說：「這是……毛族的地方，小心點。」一面往那洞道走入。

「什麼族？」羽霽皺眉問。

「毛……算了，我也搞不清楚。」沈洛年搖頭說。

這兒的洞道雖然一樣高低不平，但很明顯曾經人修整，較大的坡度往往削成階梯，地面也比外面少了凹凸，走起來舒服很多，只不過這洞道實在矮了些，山芷、羽霽還沒什麼影響，沈洛年卻不得不弓著身子走。

四人走著走著，突然沈洛年腳下一輕，四人腳下地面往下急翻，同時前後地面往上翻起，彷彿兩片大翻板，正對著四人擠來。

還好唯一一個不會飛的狄純揹在沈洛年背上，三人同時浮起，羽霽和山芷吃驚的同時，妖炁一迸，分別把兩片擠來的翻板炸飛，羽霽叫了聲：「有埋伏！」

「吼！」山芷大叫一聲，妖炁往外勃發，就要找人算帳。

「別衝動。」沈洛年說：「不怕被抓回家嗎？」

山芷一驚，連忙又把妖炁收了回去。

「這似乎是自動的。」沈洛年說：「對方未必有惡意。」

不過也不知為什麼，一直沒有人出面攔阻或喝問，沈洛年順著輕疾指引，又繞過了兩個路口，四人踏出通道，眼前突然大亮，一股熱氣逼來。只見正前方，一個彷彿岩漿一般，約有十公尺寬的圓形火池，中間漂浮著一團不知來由的古怪人高火焰，正不斷放出高溫。一時之間，眾人的目光都被這怪異的現象吸引過去。

到近處一看，四人才感覺到一股龐然而強大的妖炁正收斂在這火焰之中，莫非又是這次道息漫起之後才來的妖物？而沈洛年剛剛感應到強大又難以感知的炁息，正是這股妖炁。

那股妖炁的強度，連山芷和羽霽都為之心驚，兩人忍不住退了一步，都露出了害怕的表情。

剛剛輕疾不是說這兒的妖族妖炁不強嗎？媽的，果然是騙人，這東西哪兒像毛了？沈洛年正冒冷汗，突然周圍傳來好幾聲咕啾咕啾的怪響，沈洛年耳中跟著傳出輕疾的翻譯：「不准動！」

沈洛年等人一驚低頭，卻見七、八個不到膝蓋高的毛茸茸生物，正對著四人大喊。

那些毛茸茸的生物，矮矮圓圓，渾身長滿了拖到地面的長毛，只露出兩顆黑黝黝、圓滾滾的眼睛，雖然看不出他們毛下身體的模樣，但從那堆毛中，卻探出了兩隻圓圓胖胖滿是細毛的手臂，正拿著一個玩具般的小棍狀物比著四人。看來這些正是毛族人，他們的微弱妖炁，在那火焰狀妖精強大妖炁的掩蓋下，很難分辨。

「這……好可愛啊。」狄純忍不住輕呼出聲。

「長長的毛毛！」連一直沒什麼表情的羽霽，也睜大了眼睛，有點興奮。

「好多毛毛，摸摸。」山芷已經忍不住伸手。

「別動！」其中一個毛族人咕嚕嚕地大罵，手中棍狀物突然對地面射出一道光束，只聽呼地一下輕響，地面霎時被熔出了一個人頭大的窟窿，眾人不禁都吃了一驚，那是什麼？是武器嗎？

ISLAND
我會算命！

「離開這裡！」毛族人又叫，那似槍的武器又指著四人：「快滾！快滾！」

「脾氣壞的毛毛。」羽霽失望地說。

「壞毛毛！壞毛毛！」山芷跟著罵，那種強度的武器她還不放在眼裡。

「等……等等。」沈洛年喝止了兩人，低聲說：「翻譯、翻譯。」

「他們聽得懂。」輕疾說：「人語是通用語，回來的妖族都會學。」

「人語很多種不是嗎？」沈洛年問。

「當然從『通用虯龍語』演化出來的中文學起。」輕疾說。

這就不用煩惱了，沈洛年當即開口說：「我們沒有惡意，只是想經過而已。」

「騙子！」毛族人喊著。

「這是他們搞出來的嗎？殺了他們！」另外有毛族人喊了起來。

「殺了他們！」好幾個毛族人一起喊著。

什麼溫馴啊？輕疾這渾蛋，這根本不是一條好路線，真要殺過去嗎？沈洛年目光掃過去，他們幹嘛一副悲憤生氣的模樣？就算有人不慎闖入，也不至於這麼火大吧？

不過現在沒時間研究原因，沈洛年望著那些槍，這些小傢伙的武器雖然不錯，但妖炁這麼微弱，反應速度應該不怎麼樣才對，就怕不小心傷到了狄純……沈洛年正皺起眉頭摸向金犀匕的時候，卻聽狄純輕聲說：「洛年……你看周圍……」

沈洛年四面一望，不由得吃了一驚，剛剛從暗處一下看到了那團亮晃晃的火焰，也就忽略了周圍昏暗的地面狀況，仔細一看，滿地都是大小落碎石磚，石磚之下，到處都是受傷昏死的毛族人，從炁息來看，十之八九都已死亡。

沈洛年目光掃去，眼看這兒竟死了數百名毛族人，還在動的似乎只剩眼前這七、八隻……

山芷和羽霽也都發現了這個狀況，兩人對望一眼，羽霽詫異地低聲說：「死了好多毛毛。」

山芷歪著頭說：「只剩這些毛毛，殺了是不是就沒有了？」

「不知道。」羽霽搖頭說。

「別急著動手。」沈洛年回頭低聲說：「他們遇到這種事情……倒有點可憐，能不動手還是別動手。」

「為什麼可憐？」山芷不大明白，回頭問羽霽。

羽霽反而比較通人性，低聲解釋說：「就像姨姨要是被人打傷，妳也會難過。」

「吼！」山芷生氣地說：「誰敢打我媽咪？」

「我是舉例啦！笨小芷。」羽霽懶得說了，白了山芷一眼。

另一面，毛族人也正在討論，一個毛族人大喊：「打死他們啊！」

「打啊、打死他們。」另一個也喊。

「你打啊！」「你怎麼不打？」兩人不知爲什麼居然吵了起來。

「趕走就好了吧？」又有人說。

「萬一是他們害的呢？打死他們、打死他們！」一個毛族人一面跳一面大喊，但卻依然沒使用武器。

「萬一不是呢？」先一人說。

那跳著的毛族人一愣，也不知該如何是好。

他們吵了好片刻，終於做出了決定，一起將槍口對著四人喊：「快走、快走。」

一個想想又補充：「不然打你們喔！」

輕疾說的沒錯，這些毛族人似乎挺溫馴善良的，若是一群剛遭逢大難的人類在這兒，面對著可能害死自己無數親人的嫌疑犯，哪會考慮「萬一不是」？沈洛年想了想，蹲下說：「我們只是想經過這兒而已，我們的朋友在另外一端，也被落石困住了。」

毛族人面面相覷，又開始商量起來……

「他說要去救朋友？」

「可是我聽說這種高大的人都是很壞的騙子！」

「對！祖宗都這麼說。」

「萬一他說的是真的怎麼辦？」

「唔……怎麼辦？」

「祖宗規定不准和其他種族交朋友，尤其是這種人，會被騙的。」

「那不要理他們？」

看毛族人開始煩惱，沈洛年真有些又同情又好笑，他四面望過去，忍不住說：「你們還有親人被壓在裡面，怎麼不先救人？」

這些毛毛族人一聽，突然忍不住哭了起來，一面團團亂轉一面叫，幾個人扔了槍又回去推那些大小亂石，但他們體小力弱，妖炁又低弱，怎推得動這些石頭？

另外兩、三人不敢放下槍，一樣指著沈洛年等人，一面回頭難過地叫：「工具都沒有了，搬不動啦！」

沈洛年這才明白了，忙說：「讓我們幫忙救人吧？」

毛毛族人聽了一怔，似乎聽到什麼匪夷所思的事情。沈洛年也不多說，繞過那些擋路的毛族人，往前走了幾步突然停下，搬起四、五塊大石後，捧出壓在裡面的一個毛族人說：「要快點救才行，否則眞會死光。」

見那毛族人還在微微掙動，周圍毛族人們大吃一驚，連忙搶上，把那人運去治療，山芷見狀喊著：「幫忙、幫忙！」一面衝過來舉起一顆大石頭，扔到一旁。

「等等，小芷！」沈洛年忙說：「動作輕點，小心壓到人，還有，這邊不急著搬。」

「呀？」山芷一愣。

「這附近沒有活著的了……」沈洛年感應著那些微弱的妖炁，目光一轉，又飄到另外一處說：「這下面也有。」

山芷連忙奔過來，陪著沈洛年把亂石一個個放在旁邊，果然底下又躺著一個身上都是血的毛毛族人。

沈洛年正要找下一個，這一剎那，突然又是天搖地動，上方亂石又開始崩落，毛毛族人正驚叫亂跑的時候，羽霽也不吭聲，倏然騰身飄起，兩手往外一張，大片妖炁四面泛出，把所有落下的亂石接住，再往一旁的空地傾去，直到這波地震停止。

「小霽太棒了！」沈洛年讚說。

「太棒了！」山芷撲了過去，一把抱住羽霽。

羽霽那白嫩的臉龐一紅，轉頭哼了一聲說：「沒什麼，幫一下毛毛而已。」她想了想，突然又瞪著沈洛年說：「你怎麼知道哪邊有活的毛毛？」

「找妖炁。」沈洛年目光轉過，又飄到另外一處，在山芷協助下搬起大石。

「怎麼找的？他們妖炁這麼微弱。」羽霽詫異地追來，跟著搬石頭。

「這……專心找。」沈洛年敷衍地說。

這說了等於沒說，羽霽對沈洛年剛起的那一點點好感，又完全消失，憤憤地瞪了他一眼。

狄純看大家都在忙，忍不住說：「洛年，我也下來幫忙。」

沈洛年搖頭說：「妳力氣和毛毛差不多，也搬不動。」不知不覺間，他也學著山芷、羽霽，把毛族人叫成毛毛。

「我可以幫忙裹傷啊。」狄純說。

沈洛年往旁看了一眼說：「好像不需要。」

狄純望過去，只見毛族人正快手快腳地幫受傷的人剃毛、裹傷，他們小小的手上共有七根手指，手指異樣地長，數人合作下，他們彷彿變魔術一般地動作，沈洛年等人救人的時間，遠比他們治療的速度慢。

不過葉瑋珊他們還在等著自己呢，沈洛年加快了動作，指出位置後隨即交給山芷或羽霽，跟著又找下一個，三人分頭動作，很快地，一個個受傷未死的毛族人都被救了出來。

有些毛族人其實只是輕傷，僅被困在石堆裡面動彈不得，突然被這些高大的人救了出來，一時都有點驚恐，直到被送到族人手中救治，彼此一交談，才知道發生了什麼事情。

沈洛年救出了二十多人，四面又巡了一次，確定了沒有存活的毛族人在亂石下，這才和山芷、羽霽會合。沈洛年一面有點感慨，毛族人太孱弱了，隨便一個石頭砸下幾乎就受了重傷，加上拖延了十幾個小時，難怪活著的人這麼少。

眼看那殘存的三十多個毛族人會合在一起，一面哭泣一面慶幸，正亂成一團，沈洛年本想直接離開，想了想，飄過去說：「各位。」

毛族人這時對沈洛年敵意盡去，但不知爲什麼還是頗爲害怕，你推我擠的，有些慌張地看著沈洛年。

「我感覺不到其他活著的人了。」沈洛年實在不大想感受這些人悲傷的氣息，快速地說：「這地震至少會持續一個月，你們……這段時間最好先搬去地面，比較安全。」

毛族人面面相覷，有點慌張地說：「地面？」

「地面更危險啊。」

「就這樣上去？」

「不行啊。」

「這位……這位人類先生。」一個毛族人，突然站出來，鼓起勇氣說：「請問可不可以幫一個忙。」

幫忙？沈洛年感應著葉瑋珊他們的炁息，似乎沒什麼變化，說：「不會太久吧，我還得救人。」

「可不可以幫我們搬開那片石頭？」毛族人往旁一指，那兒地勢低下處，堆著一大片亂石，似乎因爲地勢低矮，很多石頭都滾到那兒去了，他有些惶恐地說：「我知道那石頭很多，但是……我們的工具……」

「搬開？」山芷和羽霽二話不說，兩人蹦過去亂踢亂打，才不過幾秒，那堆彷彿小山一般的石頭砰砰磅磅地往外亂飛，毛族人嚇得往後直退，連沈洛年都避開了些。

過了不到三分鐘，那片小山石散到四面八方，露出了底下一個小小的門戶。

毛族人歡呼一聲，好幾個人往那兒奔，打開門跑了進去，看來那兒放著他們的重要東西。

眼見自己族人從門戶裡不斷推出各種器具，剛剛說話的那毛族人，終於露出了幾分歡喜，對沈洛年說：「多謝、多謝。」

「不用客氣。」沈洛年說：「那麼……我想往那個方向走，可以嗎？」沈洛年指著一個通往西北方，堆了不少亂石的通道。

「請隨意。」毛族人頓了頓又說：「你剛說的，是真的嗎？地震一個月？」

沈洛年點頭說：「陸塊被祝融推動著，正往太平洋擠去，一個月只是估計，你們得快出去。」

「那……那非得出去不可了。」一群毛族人有些驚慌地商議著。

「可是地上很多凶狠的妖族……」

「還不能用火……」

說到火，沈洛年倒是想起這廣場中間的怪火了，他一指說：「這個嗎？這莫非是……什麼厲害的火妖嗎？」

毛族人遲疑了一下才說：「那……那是『虛空熱精』，和一般凡火不同。」

他們似乎不怎麼想提那火的事情，沈洛年不再多問，開口說：「好吧，我急著救人，先走一步。」一面招呼山芷和羽霽走人。

「毛毛再見！」山芷揮了揮手，和羽霽一起追著沈洛年去了。

沈洛年走入通道，沿路轉了幾個彎，地勢漸高，他又打開了一個隱蔽的門戶，眼前是個矮小潮濕的穴道，沈洛年半跪著往前爬，突然聽到前面傳來一群人的驚疑聲，沈洛年忍不住開口：「有人嗎？」

「洛……洛年？」葉瑋珊的聲音第一個響了回來，沈洛年鬆了一口氣，加快腳步往前，隨著其他熟悉的呼喊聲中，前方突然出現火光，兩方一對看，卻是賴一心拿著火把，也正弓著身子往這兒鑽。

「眞是洛年！」賴一心哈哈大笑說：「瑋珊好厲害，一聽就知道，你怎麼又來救人了？這兒明明沒路不是嗎？」

莫非葉瑋珊還沒解釋？沈洛年呆了呆才說：「我來找你們幫忙的，大家都沒事吧？」

賴一心正想問沈洛年怎麼進來的，目光一望，卻見山芷和羽霽正睜著大眼瞪著自己，賴一心一愣，指著兩小說：「這……這兩個不是……」

「我沒打到你喔！沒有喔！」山芷先發制人地大叫。

賴一心想起懷眞的交代，搖頭笑說：「沒打，沒打。」

「你們見過？」沈洛年有點意外。

山芷低下頭，望著羽霽求救，羽霽卻眨了眨眼，故意不開口。

賴一心見狀，接口笑說：「上次找懷眞姊，遇到過這兩位小朋友。」

窮奇除了自己之外，還會和人類變朋友？沈洛年轉頭望，看山芷忐忑地看著自己，雖然他不算什麼聰明人，卻也不難猜出發生過什麼事情，沈洛年不禁好笑，摸摸山芷的腦袋，對賴一心說：「居然沒被小芷打死，眞有你的。」

「沒有啦，我沒打到他啦。」山芷皺起眉頭，嘟著嘴說。

「我去把大家叫來吧？」賴一心說：「那邊是出口嗎？」

「等一下。」沈洛年也不知低聲默唸著什麼，只見他神色變了變，過了片刻才對賴一心說：「往回走吧。」

賴一心一愣說：「你不是從這邊來的嗎？」

「我來的路已經塌了。」沈洛年抓抓頭說：「那個……其實好像已經沒路可以出去了。」

「啊？」後面轉出一個人影，驚呼說：「眞的沒路了？我……我不是要你別來嗎？」正是忍不住尋過來的葉瑋珊。

同時，一串咕啾聲從沈洛年身後傳出，只聽輕疾翻譯：「沒路了？沒路了？」

沈洛年轉頭一看，卻見身後跟著一串毛毛族人，他們也不知道是站、是坐，各自駕駛著不同造型、不同大小、彷彿車子般的東西，正一個接一個地從那山洞中駛出。

不過這些車子居然沒有輪子，而是離地大約十公分左右，順著地勢高低飄浮滑行著，也不知道動力是怎麼來的，與其說是車子，或者更該說是飛行器具，但如果是飛行器，又爲什麼離地面這麼近？

這是什麼高科技物品嗎？出現在妖怪世界會不會太突兀了？不只沈洛年吃驚地瞪大眼睛，那賴一心、葉瑋珊更不知道這明明沒有出路的一條窄小通道，怎會突然變出這麼多東西出來，那看似駕駛座上的一團毛又是什麼東西？

「啊哈！眞是洛年！洛年你來救我們的嗎？你怎麼知道我們被困住了？那邊怎麼會有路？咦，你揹著誰？還有兩個小鬼？後面這些毛球又是啥？」又一個女子從對面那端鑽了進來，一連串地發問，那人穿著背心短褲，結實的長腿裸露在外，正是許久不見的瑪蓮。

「咦？洛年？你又來救命了？」「眞是洛年！」緊接著張志文也跟著鑽了進來，後面則是吳配睿，每個人都在大呼小叫。

沈洛年一面打招呼一面望過去，同時毛毛人也在開口：「我們以爲你知道出去的路，我們的路都崩塌了。」

沈洛年正想說話，突然又是一陣地動山搖，上方土石簌簌而落，他忙喊：「都先到前面的大洞去，這邊危險。」

張志文當下拉著瑪蓮往外就跑，眾人依序一個個往外退，連那些毛毛族人也跟著飄出來，他們那古怪的飛行器，也不知是用什麼動力，安靜無聲地飄行著，速度竟然不慢。

山洞那端，果然侯添良等人也都無恙，三人身旁，有個看似十八、九歲的美麗陌生少女，那少女乍看是膚色稍黑、濃眉大眼的南洋人種，但沈洛年用那能看透本質的目光望去，心中不禁微微一震，一下子有點說不出話來。

這時眾人見面，自然又是一陣混亂，白宗眾人中，除了賴、葉兩人之外，都沒看過山芷和羽霽，更別提紅著一張臉躲在沈洛年背上的狄純，當下不免問個不停，他們根本還不知葉瑋珊和沈洛年有聯繫，對沈洛年突然出現，眞是又驚又喜。

而山芷不想和其他人類交朋友，只靠在沈洛年腿旁，用不善的目光盯著這些人，羽霽倒是還好，不過她本就看不起人類，有人對她說話也只高傲地微微點了點頭，沒什麼回應。

只有狄純比較客氣地一個個問好，不過沈洛年不肯把她放下來，讓她不免有點尷尬。

而那些毛族人，突然看到一堆人類，又有點害怕，乘著那些古怪飛行器，聚在一旁無人處咕咕啾啾地商議。

這時不是追究那女子的時機，沈洛年眼見一團混亂，當下大聲說：「好了，都聽我說！」這下眾人才都安靜了下來。

他只花了一分鐘，把各方分別做個最簡單的介紹，跟著就說：「現在已經沒有直接通往外面的道路了。」

「啊？」眾人忍不住都叫了出來，毛族人那邊也一陣騷動，不過山芷和羽霽不知是不是還小，似乎沒什麼太大的危機感，聽了也沒反應。

「我現在帶大家到一個隔著一塊岩脈，離地面只有二十公尺的地方。」沈洛年說：「大家輪流挖掘，應該可以出得去。」

「離地面二十公尺？洛年你怎麼知道的？」瑪蓮首先叫。

毛族人也詫異地交頭接耳：「那是哪種探測法？」「沒看到工具。」

「我……」沈洛年大皺眉頭，頓了頓說：「我會算命！」

「啊？」每個人都叫了出來。

「我會算這些石頭的命。」沈洛年哪管他們信不信，又說：「快點走，不然等會兒又崩了就糟了。」一面帶著山芷、羽霽領頭往外走。眾人傻眼之餘，也只好跟著走，而那些毛族人，商議了片刻，還是跟著這群人後面飛。

「洛年，你不是會算嗎？怎會不知道什麼時候會崩？」吳配睿追近叫。

「呃……」沈洛年呆了呆說：「我只能算這一剎那的命，不會算未來的。」

「這哪叫算命？」吳配睿好笑地抗議說。

「我哪知道該叫什麼？」沈洛年耍賴說：「我不是找到你們了嗎？」

「那叫什麼……無敵大？」吳配睿回頭詢問。

黃宗儒想了想，苦笑說：「千里眼？」

「啊！有點像喔。」吳配睿驚訝地看著沈洛年說：「所以你才知道我們被困了？」

「呃……隨便啦。」沈洛年說。

「你好沒誠意，這位狄小妹妹是哪兒來的啊？」吳配睿又好奇地說：「為什麼揹著她？」

「她身體不好，想要引仙。」沈洛年回頭看了葉瑋珊一眼。

葉瑋珊想起沈洛年和白玄藍說過的話，走近說：「狄小姐？妳要引仙？」

狄純忙說：「瑋珊小姐，請叫我小純就好了，如果……不會不方便的話，就拜託了。」

「她體質很差，過去又被藥物控制睡了……睡了很久，還沒恢復。」沈洛年頓了頓說：「現在還是有人要抓她，引仙的話，至少不用太擔心……聽說千羽最適合逃跑？」

「啊咧？」張志文湊過來抗議地說：「洛年，千羽是不錯，但可不只適合逃跑，要逃跑揚馳其實跑最快。」

「什麼意思？」侯添良叫：「你不是常說我只會在地上爬，看到不對你可以先飛嗎？」

「那是兩回事。」張志文嘿嘿笑說。

「煉鱗啦、煉鱗啦。」瑪蓮踏上兩步，得意地說：「身體不好就要用煉鱗，馬上變壯，洛年你看阿姊有沒有變壯不少？受傷、疲累都很容易恢復呢。」

吳配睿可有點不同意了，嘟起小嘴說：「可是我覺得獵行比較好，最全面的了。」

看一堆人都擠到沈洛年身旁，山芷越來越不高興，突然大吼一聲，蹦到沈洛年胸口抱著，大聲說：「洛年我的！」

沈洛年一怔，只好抱著山芷，拍拍她的背說：「只是聊天，別這樣。」

山芷卻不肯放手了，緊緊抱著沈洛年脖子瞪人，沈洛年無可奈何，只好前後各掛著一個人，就這樣繼續往前走。

瑪蓮詫異地張大嘴，好笑地說：「這小傢伙是吃哪門醋啊？這麼凶，想打架嗎？」

「吼！」山芷對著瑪蓮大吼一聲，若不是顧忌沈洛年，說不定已經撲出去了。

「瑪蓮。」賴一心吐吐舌頭，搖頭說：「別惹那小女孩。」

「怎麼？」瑪蓮一呆，退了兩步，走到賴一心身旁。

「那小女孩很強，我都打不過。」賴一心呵呵笑說。

這話可把眾人嚇了一跳，不免上下打量著那一頭金髮、彷彿洋娃娃般的山芷，不過山芷、羽霽這時已經學會收斂妖炁，白宗眾人一時倒也看不出所以然來。

又走了約莫一個多小時，到了個窄高的坑道，只見沈洛年又默唸了片刻，跟著往上一指說：「那兒！」

哪兒？眾人一起抬頭，卻見一片黑影帶著一點妖炁往上衝，轟地一下斜撞上三公尺高的洞壁上，炸開了一個小凹洞，跟著又悠悠飄了下來，鑽入沈洛年衣袖中消失。

「那是什麼？」瑪蓮一呆。

沈洛年還沒說話，奇雅已經低聲說：「凱布利。」

沈洛年看了奇雅一眼，微微點了點頭，兩人對笑了笑，都有種老友重逢的感覺。

瑪蓮一看不妙，轉頭告狀：「阿猴！這兩個人又在相對而笑了，你糟糕了。」

「關他什麼事？」奇雅皺眉說。

「真的完了。」瑪蓮嘖嘖說：「枉費洛年放水，讓你偷跑了半年多，還是沒用。」

侯添良除了苦笑以外，倒也不敢多說什麼。

沈洛年不理會瑪蓮胡鬧，指著上面那凹坑說：「從那兒往斜上方挖，距離地面最近……小心落石。」

「二十公尺的岩層嗎？也不是很遠，我先來吧！」賴一心從身後取下一支黑色長棍，卻不是過去他一直帶著的銀槍。

「咦？」看到那通體黑黝黝、一端尖銳的古怪黑棍，沈洛年、山芷、羽霽同時叫了出來，那不是當初西歐尋寶，偷到的其中一樣武器嗎？懷眞當初還曾想把這把尖棍交給燄丹用呢。

賴一心一怔，回頭說：「怎麼？……啊，這黑矛嗎？懷眞姊借我的。」一面躍上空中，對著那沈洛年標出的地方，帶著碧綠光華，一棍戳了過去，那股柔勁一逼，周圍岩石立即裂開一大片，碎石片片飛落。

沈洛年一怔說：「懷眞借的？」

「我來說吧。」葉瑋珊接口說：「她臨走前來找我們，說怕我們出事，她閉關這幾年讓我們拿這些護身……我的是戒指，奇雅是項鍊。」

那時懷眞確實提過要幫幫他們，原來是拿武器去？

「我和小睿是刀喔。」瑪蓮拔出身後古銅色彎刀晃了晃，得意地說：「那兩個害蟲是窄劍。」

侯添良忍不住推了張志文一把說：「都你啦，什麼怪名字，害我變害蟲。」

張志文只好苦著臉說：「阿姊，公蚊子不吸血的，我不算害蟲。」

沈洛年目光掃過，這才發現，果然每個人都換了武器，這兒洞道陰暗，只靠著火把光芒，剛剛倒沒注意到此事。

「雖然也是雙手長刀，但把手短很多，其實不大習慣，招式都要重練了。」吳配睿拿著那把長柄大刀說：「但是懷眞姊說如果遇到的妖怪太強，炁息互撞之下，普通金屬打造的武器有可能壞掉……只好換了，不過這武器比大刀好攜帶，威力也比較大。」

「我也有一部分招式要重練。」瑪蓮拍著彎刀說：「這傢伙看來不大，卻比我之前的厚背刀還重，很過癮，我之前正有點嫌輕。」

「威力眞的有比較大嗎？爲什麼？」沈洛年當初一直沒搞清楚這些武器好在哪兒。

瑪蓮不知該怎麼回答，正抓頭時，黃宗儒接口說：「懷眞姊說，這是精體武器……我們平常透入炁息，可以養它的炁，使用時兩炁相引，威力會增加，使用者越強，武器就會越強。」

沈洛年想著當初偷來的武器，啊地一聲望向黃宗儒說：「難道你拿到的是兩支短棍？」

「洛年知道那武器？」黃宗儒一怔點頭說：「懷眞姊要我用那雙棍代替盾牌，她還說，如果我以後炁息還有進步的話，甚至可以聚炁從末端發出。」

那次可是最危險的一次，沈洛年點頭說：「你那個武器說不定是最好的。」

「眞的嗎！」瑪蓮叫：「無敵大拿兩樣耶！居然還拿最好的？太過分了！」

沈洛年微微一愣，想不起還有什麼東西，詫異地說：「一些……精體薄片嗎？」

「不是。」黃宗儒尷尬地笑了笑說：「一把弓。」

「咦？」沈洛年這才想起還有那像玩具的東西，意外地說：「那可以用嗎？」

「專修凝訣的才能用。」黃宗儒頓了頓說：「我們本來以爲會脫手的武器都不大適合練炁者使用，懷眞姊指點了之後才知道，修凝訣者，炁息具有高密度凝結的特性，可以使用飛行武器。」

「哪個遊戲裡面弓手可以兼肉盾的？」張志文不滿地說：「我會飛耶！明明應該我拿弓才對，居然我不能用無敵大能用，這妖怪世界根本就亂來！」

「居然說眞實世界亂來……其實是大部分遊戲設計有問題啦。」黃宗儒苦笑說：「仔細想想，誰說使用弓箭的人一定得動作輕快？除了暗殺、偷襲以外，弓箭須要的能力只是準度、穩定度和拉弓的力量，與個人移動速度、靈巧度根本沒有關係……古時候很多有名的武將其實都是神射手啊。」

「又可以遠又可以近，那都你玩就好了。」張志文哼聲說。

「可是我跑得慢啊。」黃宗儒苦笑。

「吵到哪邊去了？又不是在玩遊戲。」瑪蓮笑說：「反正懷眞姊都說是借的了，幾年以後要還人家……宗儒，你表演給洛年看一下。」

「好啊。」黃宗儒望著上方說：「一心，換我來吧。」

賴一心這時已經用那黑木棍挖出半公尺的凹坑，正挖得滿頭石粉，他聞聲回頭落下說：

「也好，小心別太用力，怕整塊崩了。」

「知道。」黃宗儒從腰間取起那把彷彿玩具的小弓，身上泛起凝聚的紫色幽光，不斷往那把固定在弓上的箭矢集中，跟著他奮力拉開弓弦，對著那凹坑放。

那弓上的箭矢先是往前急衝，旋即尾端被彈回的弦扯住，但同一瞬間，一道凝聚如實、由炁息凝聚的紫色炁矢，脫離了弓上的箭矢，彷彿電光一樣往前竄出，倏然飛射入山洞，噗地一聲，將一大團石塊化為碎粉，窣窣下滑。

眞的不是玩具？沈洛年不禁瞪大眼睛，山芷似乎也吃了一驚，難得主動離開沈洛年的胸膛，跳下地面，走到近處好奇地觀看那把弓。

黃宗儒對山芷笑了笑，繼續拉弓，一面說：「雖然說炁矢是用神意瞄準，但畢竟用弓箭當載體，距離遠了還是有差，我還在練準度……這種近處就容易多了。」只見他連射了十幾發，那被賴一心挖出的坑洞，又多了十幾個均勻散開的凹坑。

「二十公尺都你挖吧。」張志文還在說：「遠遠射不會弄髒衣服，多好。」

「呃……」黃宗儒一面射，一面頗有些無奈。

「蚊子哥老是欺負無敵大。」吳配睿一笑，舉起那長柄大刀說：「挖洞還是要爆訣啦，無敵大換我。」

黃宗儒一笑收手，將弓掛回腰間，卻見吳配睿騰身而起，蓄力對著那坑中一劈，只聽轟然一聲炸響，石頭紛紛炸裂飛射，往外急爆。

爆訣就是不一樣，柔訣震裂岩石，凝訣化石爲粉，爆訣卻是轟隆嘩啦地炸開一大片碎石，果然適合挖洞，卻不知道輕訣效果如何？沈洛年忍不住望向張志文和侯添良。

「別看。」張志文看到沈洛年的目光，笑著搖手說：「早就試過了，挖石頭不適合我們兩個。」

侯添良呵呵笑著說：「只能把劍戳很深而已。」

沈洛年一笑目光轉過，先掃過那三十多名毛族人，見他們雖然聚在一處，卻很少人對話，大多是各自打開了那些交通工具，摸東摸西地不知在忙些什麼。沈洛年目光又轉，看著那一個人站在外側的南洋少女，微微沉吟了一下，轉身走向葉瑋珊。

葉瑋珊見沈洛年走近，有點困擾地說：「洛年，你剛好像跟一心說，有事找我們幫忙？是眞的嗎？」

「對，澳洲的事情。」沈洛年說：「等脫困了再說。」

「澳洲？」葉瑋珊遲疑了一下說：「你來，不是因爲我們受困嗎？」

「本來就要來了，還有小純的事情……」沈洛年看葉瑋珊的氣味頗有點古怪，皺眉說：

「幹嘛？妳又煩惱什麼？」

葉瑋珊看了狄純一眼，才有點爲難地說：「懷眞姊雖然沒說，但我也知道……她借我們這些東西自保，就是希望我們別打擾你，如果還是連累了你，怎麼對懷眞姊交代？」

沈洛年皺起眉頭說：「自己的事自己負責，誰也不用向誰交代，我要是不想來，妳求我也沒用。」

葉瑋珊白了沈洛年一眼，輕嗔說：「你老愛這麼說，誰會信你？」

沈洛年一怔，和葉瑋珊目光對視了片刻，兩人又同時別開了視線。葉瑋珊低頭片刻，抬頭看大家的注意力都集中在挖洞上，又低聲說：「你大半天之前不是才去噩盡島嗎？怎麼這麼快就到這兒了？還有，怎會扯到澳洲？」

「凱布利飛的速度變快了。」沈洛年聳聳肩，解開狄純說：「看樣子得挖一陣子，我讓妳們倆談談好不好？有關引仙的事情。」

「好啊。」葉瑋珊扶著剛站直的狄純，微笑說：「小純，洛年那時說妳不到三十公斤，我本來還不信呢……總門是怎麼折磨妳啊？」

「瑋珊小姐，總門……沒有折磨我啦。」狄純有點怕生地說。

「不用這麼客氣啦，叫我瑋珊就好。」葉瑋珊笑說。

「那……瑋珊姊。」狄純囁嚅地說。

沈洛年不管她倆如何稱呼，打岔說：「那邊那個女人叫什麼？」

「她說叫她『阿白』，全名我們沒問。」葉瑋珊有點意外地說：「怎麼了嗎？」

「阿白嗎……我去找她談談，妳幫忙照顧一下小純。」沈洛年一轉身，朝阿白走去。

「洛年？」葉瑋珊和狄純同時輕喊了一聲，見沈洛年已經走開，兩人相對一望，臉上都露出了迷惑的神色。

少女阿白見沈洛年走近，臉上帶著親切的笑容，點頭說：「你好，洛年先生。」

「阿白？」沈洛年上下看了看阿白，皺眉說：「妳混到這群人裡面做什麼？」

阿白一怔，睜大眼說：「我不明白洛年先生的意思，是他們援救我……」

「妳……」沈洛年停了幾秒才說：「妳是仙狐族的吧？」

阿白表情一僵，還沒來得及開口，沈洛年已經接著說：「阿白不會是妳的道號吧？妳道號是什麼？」

阿白臉色微變，退了半步說：「你……」

「難道妳還沒有道號？」沈洛年想想又說：「妳妖炁能隱藏到這種程度，又能變人，已經接近妖仙了吧？爲什麼要逗弄這些人？」

阿白遲疑了一下，指著也正看人挖洞的羽霽和山芷說：「請問，那兩個小孩，是……是什麼？不是人吧？」

「妳看不出來嗎？」看樣子這仙狐道行不高，沈洛年說：「窮奇和畢方。」

阿白一驚，詫異地說：「你……你到底是什麼人？這兩種仙獸怎麼會跟著你？你真是人嗎？」

「我是人。」沈洛年臉色微沉說：「仙狐族的修煉之法我聽過，妳混到這兒，難道是想對這些人……」

「不，你誤會了。」阿白慌張地說：「你朋友都對我沒興趣的。」

「仙狐族有喜慾之氣，他們怎能抵擋？」沈洛年板著臉說。

阿白聽到「喜慾之氣」四個字，更不敢撒謊，忙說：「不，心中若有喜愛的對象，就幾乎沒效果了，頂多有點好感而已。」

這倒不像騙人，懷真似乎也說過這種話……沈洛年轉頭望過去，倒有點不解，自己太久沒和他們相處了……賴一心心中有對象是理所當然，其他三個人，也都有對象了嗎？

三人之中，侯添良、張志文對誰有興趣比較明顯，黃宗儒喜歡誰過去倒沒察覺到，莫非是這幾個月才出現的情愫？

ISLAND
不是濫情、只是多情

「洛年先生。」阿白低聲說：「我之前是狼妖王的……其中一個妻子，剛好你朋友和狼妖起了衝突，我就趁這機會化形爲人，想和他們一起逃跑，眞的沒有歹意，請別見怪。」

「妳身爲妖仙，若恢復原形，那些狼妖哪是妳的對手？」沈洛年低聲說。

「洛年先生高估我了，化形和隱息本就是仙狐族的強項，我離妖仙還有一段距離……」阿白頓了頓又說：「而且我不想和他們起衝突……」

只要對賴一心等人無害，沈洛年也不想多追究，而且他其實對仙狐一族反而頗有親近之意。沈洛年看了看阿白，輕嘆了一口氣說：「仙狐族以採補之法修煉，畢竟是天性……我雖然不贊成，也不好多說什麼。」

「就像蚊子吸血一般，我們也沒辦法，只能……」阿白頓了頓說：「相處時盡量讓對方感到歡愉，算是一種補償。」

「可是也有仙狐完全不採補，還能修煉爲九尾天仙，不是嗎？」沈洛年說。

「沈先生當眞十分清楚，傳說中，是有這種先祖……」阿白有點黯然地說：「但那眞是十分困難，尤其年輕的時候……仙狐動情時若不及早宣洩，喜慾之氣漸漲，最後必引來妖獸親近，道行未精之際，怎能抵擋？能度過一次次難關修到天仙的，那眞是少之又少，就算當眞成爲天仙，這缺點還是纏在身上，甩也甩不脫啊。」

沈洛年沉吟了一下說：「聽說到了那時候，萬一破戒，不只本身修爲被毀，對方也會死亡？」

「你怎會連這也知道？」阿白對沈洛年了解得這麼清楚，十分訝異，走近兩步低聲說：「這種事是我們這族的祕密……若傳了出去，對修到天仙的仙狐老祖宗不是好事。」

這話說得沈洛年一驚，自己也太輕率了，確實不該隨口說出這種事。沈洛年點頭說：「我不會再對別人提起的。」

「修爲也就罷了……聽說有的先祖，遇上了喜歡的人，終於忍不住動情。」阿白低聲說：「在那唯一一次的歡喜之後，就只能看著油盡燈枯的愛侶慢慢死去……那才更是一種煎熬。」

懷眞狀況倒有點不同，她倒楣之處在於有咒誓的束縛，自己死了她得跟著死，否則自己體內是最純粹的道息，讓她吸乾了自己不過一死，倒不會害了她。

想著想著，沈洛年突然一怔說：「妳剛說慢慢死去？既然油盡燈枯，不是馬上死嗎？」

阿白一愣，詫異地說：「有區別嗎？不過就能多說幾句話而已，長輩都這麼說……我也不知道原因。」

沈洛年思考了片刻，不再多提此事，望著阿白嘆口氣說：「妳們仙狐一族，就這麼到處採、到處逃嗎？這樣不會……太辛苦嗎？」

「也不是這樣……」阿白說：「我們每次採的量並不多，除非相隔太久沒找到對象，吸引力增大，才容易讓對方感覺到受害……其實我們每次選擇的伴侶，大部分都能相處很久。」

「那狼妖是怎麼回事？」沈洛年問。

聽沈洛年提到狼妖，阿白遲疑了片刻，終於低聲說：「他突然想生孩子，跟我商量，打算等我下次動情就……但我……我不想幫他生孩子，若不走的話，無法交代。」

原來如此，但這麼一來，也難怪狼妖群又追了上來，沈洛年皺眉說：「既然當他是伴侶，生孩子不是理所當然的嗎？」

阿白委屈地說：「他老婆這麼多，我怎知道會選上我幫他生……而且狼妖壽命不長，我總有一天得離開狼族，那時孩子萬一知道媽媽是狐，那該怎辦？還不如提早離開……」

這樣說來，似乎也怪不得阿白，沈洛年正不知該怎麼發落，突然覺得不對，他回過頭皺眉說：「小睿，又幹嘛？」

原來吳配睿正悄沒聲息地湊了過來，她見沈洛年發覺，嘟起嘴說：「洛年，你和阿白姊談什麼？阿白姊好像很難過？」

「關妳屁事！」沈洛年說：「去挖洞啦。」

「沒禮貌！臭洛年！」吳配睿忍不住好笑，頓足說：「這麼久沒見了，開口就屁屁屁！現在瑪蓮姊在挖啦。」

沈洛年其實也覺得好笑，自己平常說話已經不怎麼好聽，但不知爲什麼，對吳配睿說話又更難聽了些……也不是討厭她，但看到她什麼都想問的八卦個性，就很想罵上兩句。

「洛年、洛年。」吳配睿上下望著兩人說：「你和阿白姊，現在才認識吧？」

「怎樣？」沈洛年說。

「那爲什麼你們剛剛臉貼臉湊這麼近，好像在說什麼悄悄話？」吳配睿瞄著兩人說：「難道這就叫一見鍾情？你也覺得阿白姊很漂亮吧？」

沈洛年正想罵人，那端瑪蓮突然怪叫一聲，從那已經挖了好幾公尺的岩洞中蹦下說：「一心你先替一下。」

「啊？」賴一心一怔。

「那邊有好玩的，先幫我挖，等等換回來。」瑪蓮一溜煙趕了過來，湊到一旁說：「有八卦！我也要聽，洛年要對不起懷眞姊了嗎？」

「喂！」這兩人的個性永遠不會改變嗎？沈洛年又好氣又好笑地說：「我只是問問狼妖……還有這山洞的事啦。」

「是啊。」阿白露出笑容說：「我和洛年先生只是隨便聊聊。」

「那……那個小純妹妹呢？」瑪蓮擠眉弄眼地說：「好個黛玉型小美女，眞是我見猶憐啊。」

「要是你們願意照顧她，我很樂意交棒。」沈洛年聽到剛剛的事情，心情有些紛亂，搖搖頭說：「不聊了，我要想想事情。」一面一個人往旁走開。

瑪蓮見沒得玩，只好嘟起嘴轉身回去挖洞，吳配睿則繼續纏著阿白，想多問點消息出來。

「輕疾。」沈洛年走到一旁低聲說：「既然被吸乾了，爲什麼不會馬上死？是眞的嗎？」

「眞的。」輕疾說：「仙狐採補之術無法取得精智力，所以生機雖然斷絕，仍可支持片刻……這又如何？」

「沒什麼。」沈洛年搖搖頭，正思索著，突然身旁有人輕聲喊，跟著輕疾翻譯：「人類先生、人類先生。」他一怔轉頭，這才看見一個毛族人駕駛著那古怪工具接近，正喊著自己。

這些毛族人妖炁太弱，沒注意時倒不易察覺，他蹲下說：「有事？」

「請問，您知道爲什麼祝融神要推動陸塊嗎？」毛族人很有禮貌地問。

「因爲有種會排斥道息的土堆成一座島嶼，底部正混入岩漿中。」沈洛年簡略地說：「祝融不喜歡，所以要推動四面陸塊集中，把那個島嶼拱起來。」

「息壤嗎？這世上有這麼大片的息壤？」毛族人似乎有點驚喜地說：「那麼沒有妖怪

嗎？」

沈洛年一怔，明白了毛族人的意思。他們這種族十分孱弱，大概也很怕其他妖怪，如果有個沒妖怪的地方，自然也挺吸引他們……沈洛年想了想說：「那島的最東方高原區，幾乎沒妖怪，但是有人類……你們不是討厭人類嗎？」

毛族人說：「我們可以住在人類的地底下，不會被發現的，我們一直都這樣。」

「喔？」沈洛年其實並沒有多關心毛族人，剛剛救人只是順手幫忙，見毛族人這麼說，他無所謂地說：「你們有把握的話，就搬去吧……可是那地方很遠，還要過海喔？」

「沒問題的，希望您指點方向。」毛族人說。

這倒無所謂，沈洛年和輕疾商量了一下，用毛族人能理解的方式，解釋了噩盡島的方位。

「感激、感激。」毛族人身下的載具一扭，轉身又回去人堆，咕咕啾啾地討論起來。

沈洛年正想繼續思索腦海中的疑惑，突然他微微一驚，向著正轟隆隆作響的岩石那兒飄去，一面喊：「瑪蓮，停一下。」

滿頭石粉的瑪蓮跳了出來，詫異地說：「幹嘛？」

「外面有古怪。」沈洛年望著岩石外，似乎有點沒把握。

「嗚！」山芷突然跳起，飛撲到沈洛年胸口，緊緊抓住他脖子。

山芷為什麼透出了惶恐的情緒？難道她也感受到了？卻見下一瞬間，羽霽也臉色大變地奔了過來，躲到沈洛年身後說：「糟糕了。」

沈洛年詫異地問：「怎麼了？那是什麼？」

「躲起來、躲起來……」山芷抓緊沈洛年，縮著脖子說。

「啊？」沈洛年還沒來得及問，岩石外側突然傳來一陣劇烈震盪，隨著一聲隱隱的轟然響動，許多石頭散成塊狀從那挖出近十公尺的坑洞滾入，跟著又是一次距離更近的巨大聲響，那片岩壁突然嘩啦啦地碎裂崩落，以原來的坑道為中心，出現了足有一公尺寬、數公尺高的巨大裂口。

石粉飛散、氣流激盪，眾人驚呼躲避的同時，一個白色巨大虎頭鑽了進來，突然對著裡面大吼一聲。

這兒可是接近封閉的空間，這巨響在洞中迴盪，人人震得立足不定、耳鳴不止，狄純更是差點跌倒，還好葉瑋珊就近扶住了她。至於毛族人，當岩石爆震的時候，早就一個個往來路那兒鑽，已經不知躲到哪兒去了。

那巨大虎頭目光掃過山芷、羽霽，突然凝住在沈洛年身上，她目光一變，低吼了一聲，竟頗有親近之意。

這是……山芷的媽媽山馨嗎？沈洛年仔細一看又覺得不對，體型雖然差不多，但妖炁強度完全不同，這隻窮奇遠比山馨強大。

山芷突然大嚷：「洛年我的啦！我的啦！奶奶。」

窮奇似乎不想硬擠，只低吼了一聲，以窮奇語說：「丫頭出來！」

「洛年？」這時一個只穿著件短衫衣褲的金髮碧眼美貌女子從白虎上探頭，跟著一躍而入，伸手將沈洛年和山芷一起抱著，笑說：「哈哈，好久不見，擠在裡面做什麼？」她一手攬著沈洛年的腰，另一手抓起羽霽的後領，提著三人往外飛。

這大姊是誰？沈洛年吃了一驚，仔細打量之後才張大嘴說：「山馨？」

「對啊。」這金髮女子正是山芷之母山馨，她將羽霽扔給也在洞口的羽麗，把沈洛年和山芷一起摟著，一面笑說：「漂亮嗎？上次跟你說過，下次我也要用人形見你啊，才在練習你就來了，我有聽你的，有穿衣服喔。」

「媽咪！」山芷哇哇大叫：「洛年我的啦！」

「妳這丫頭吵死了，分媽咪一點會怎樣？」山馨推了山芷腦袋一把。

沈洛年剛落地，卻見那強大的窮奇正湊了過來，有點新奇地上下嗅著自己，不過總比山芷、山馨含蓄不少；而另一邊，羽霽正被兩隻成年畢方訓話，除羽麗之外的另一個畢方，大概正是羽霽的祖母——當年對雲陽胡鬧的羽青。

這時山馨也正對山芷笑罵：「妳們這兩個小鬼，以為收斂了妖炁就能躲掉奶奶們的感應嗎？我們只是看妳們跑不遠，讓妳們自己玩一陣子，怎麼鑽到地下去了？」

「抱歉，我去救人，她們是跟我跑進去的。」沈洛年解釋。

「媽，洛年妳也很喜歡吧？」山馨對那大型窮奇笑了笑，一面對沈洛年說：「這是我媽山蔭。」

巨型窮奇山蔭並沒回答，她挪步間，把身子側面緩緩擦過沈洛年後背，直到長尾也掃過後，這才低嘯一聲說：「走吧。」

「啊？」山馨、山芷一起叫了起來，連沈洛年都有點意外。

「這人的氣味，會讓窮奇一族失控。」山蔭有點捨不得地看了看沈洛年，騰身而起，依然以窮奇語低吼說：「不要接近他，走！」

山馨一怔，收起笑容，抱起山芷低聲說：「走了，丫頭。」

「不要！洛年！」山芷哇哇叫，掙扎著想下地。

「欠揍！」山馨一掌重重拍在山芷屁股上，山芷一痛，哇地一聲撲在山馨懷裡哭了起來。

「人類。」飄在空中的山蔭望著沈洛年說：「別來找我們，否則我請羽青吃了你。」

「我才不吃人。」另一邊也剛飛起的陌生畢方，淡淡地說：「幫妳殺了他倒是可以。」

「怎麼這樣？奶奶我討厭妳！我最討厭妳了啦！」山芷哇哇大叫。

「對奶奶說什麼？沒規矩！」山馨又對著山芷屁股重重打了下去，一面有點歉意地看了沈洛年一眼，輕輕搖了搖頭。

「媽，蔭姨。」仍保持畢方型態的羽麗帶著羽霽也飛了起來，以畢方語低聲說：「這人類是懷眞姊姊的人，不能動他。」

羽青和山蔭微微一怔，兩人又看了沈洛年一眼，不再多說，領頭往北方飛。

臨走前，空中的羽霽突然回頭，給了沈洛年一個古怪的眼色，望了望眾人身後的崖巓一眼，這才隨著長輩飛走。很快地，空中那六條大小、形狀都不同的身影，向著北方高速飛去，不久後就消失了蹤影。

看來以後沒什麼機會再遇到那兩個小鬼了，沈洛年望著天際，也不知該不該惋惜。

「那……剛剛那是什麼啊？那些都是妖怪嗎？」張志文詫異地叫。

眾人這時正紛紛從那洞口鑽了出來，眼看那強大的妖怪倏來倏去，不少人都愣在那兒，尤其山芷的祖母巨型窮奇、畢方不是使用人語，他們自然不明白發生了什麼事情。

「洛年，剛剛那漂亮的金髮大姊也是妖怪？是那小丫頭的媽媽？那有翅膀的大老虎呢？」

瑪蓮詫異地問。

「那是小芷的奶奶，她們是窮奇一族。」沈洛年頓了頓說：「另外三個是畢方。」

「就是這種妖怪在台灣幫我們砍樹的？」賴一心看著崩裂出大片巨口的岩壁，咋舌說：「好強大的妖怪，這種我們一起上也打不過，還好不是敵人。」

不過羽霽剛剛那眼色是什麼意思？沈洛年抬頭望著崖巔，突然發現不對，忙喊：「小心上面。」

眾人一怔，紛紛抬頭，只見一頭白色巨狼突然從崖頂撲出，從上而下，朝眾人撲了下來。

「狼妖王又來了！」白宗眾人大叫後退，只有黃宗儒抽出背後的兩支短棍，雙棍交錯的同時，泛出大片紫色炁勁，對著白色巨狼迎去。

兩方力量一碰，轟地一聲，黃宗儒吃了一擊落下，而白狼身子一繞，飛旋間再度往下，黃宗儒又等在那兒，兩方又碰了一次，黃宗儒這次只退了半步，雖稍落下風，卻也不顯敗象。

同時賴一心舉起那黑矛，護在黃宗儒身旁，一面叫：「都先回山洞裡去！」

那白狼妖炁雖不及山芷，可也不弱，黃宗儒居然擋得住？原來他進步這麼多？仔細一看，沈洛年這才注意到，黃宗儒露在衣服外的全身皮膚正轉變爲許多細密的鱗片，體內的炁息也正轉化爲妖炁，而且質與量都還在不斷地增長，正是「煉鱗」的姿態。

他們果然引仙了？難怪比上次噩盡島碰面時強了不少，如果他們下次又遇到那巨型刑天，說不定已經有辦法一拚了。

這時一個毛族人才剛探頭出來查看，眼看又有事故，連忙又鑽了回去。跟著葉瑋珊托著狄純往內飛，瑪蓮、吳配睿、張志文等人紛紛往內跑，奇雅回頭之前，見沈洛年還愣在那兒，她微微皺眉，飄過去一扯說：「先進去。」一面把沈洛年帶入山洞。

最後賴一心與黃宗儒也前後退入洞中，那白色巨狼衝了幾次，不斷被兩人聯手逼退，他長吼一聲，這才先退了出去，而洞中瑪蓮、張志文、吳配睿、侯添良等人都開始變形引仙，隨著他們體外形貌的改變，體內的炁息也跟著變化，四種不同類型的妖炁分別透了出來。

「爲什麼要退到裡面？」沈洛年這時才有空問身旁的奇雅。

「和狼妖王纏鬥，其他的白狼就四面八方圍上，不好對付。」奇雅說。

果然外面許多的妖炁正在集中，狼妖王的妖炁卻不容易察覺，沈洛年不禁有點擔心，那隻狼妖王只算是稍強大的妖怪，收斂妖炁後便不大容易感應，看來隨著強大妖怪越來越多，自己那感應能力似乎越來越不保險了。想了想，沈洛年問：「剛剛那隻就是狼妖族的王？」

「應該是。」奇雅說：「不知爲何一直纏著我們。」

聽到這話，沈洛年忍不住看了仙狐阿白一眼；阿白見到沈洛年的眼神，則是有些尷尬地低下頭，不敢面對他的眼光。

看來是為了這仙狐而來的，總不能把這母狐狸扔出去？沈洛年感應著周圍狼妖的妖炁，再感應著白宗人的炁息，沉吟說：「大家似乎都不比狼妖王差多少了，一起上還打不贏嗎？外面也不過百餘隻而已。」

「這是一心的意思，除非必要，別殺有靈性的妖怪，免得產生仇怨，連累其他人類。」奇雅說。

原來如此……雖然自己完全不在乎這種事情，但賴一心腦袋和自己本就完全不同，這也不難理解，沈洛年點點頭，表示明白。

「沒問題我就先過去。」奇雅微微一笑說：「否則瑪蓮又要囉唆了。」

沈洛年目光一轉，果然看到那全身冒出鱗片、站在洞口防禦的瑪蓮，正不時回頭偷瞄著這兒，也不禁好笑，當下點頭說：「謝謝。」

奇雅離開後，沈洛年想了想，低聲對輕疾說：「那狼妖沒有語言嗎？奇雅怎說他們有靈性？」

「有。」輕疾回答。

「他不是一直在嚷嗎？」沈洛年說：「你怎不翻譯？」

「因爲是對你沒有意義的重複詞彙。」輕疾說：「他喊的主要是——『落葉之風』。」

果然聽不懂，沈洛年看了阿白一眼，狐疑地說：「不會是在喊她吧？」

「是在喊她。」輕疾說。

「呃……」沈洛年頓了頓說：「落葉之風？」

「那是她化身爲白狼時，在狼群中的名字。」輕疾說。

沈洛年想想走近阿白說：「落葉之風？」

阿白先是一怔，跟著輕吁一口氣說：「洛年先生，你果然可以使用輕疾，爲什麼我感受不到你的炁息？」

沈洛年倒也不知該怎麼解釋，只好說：「這名字很特殊。」

「那時他初次見到我，嬉鬧間我尾巴帶下了一地落葉，就給了我這個名字……」阿白望著地面說：「白狼族頭腦簡單、語言單純，取名字都這樣取的，也沒什麼特別。」

「妳不跟他談談？」沈洛年問：「他似乎很難過。」

阿白搖了搖頭，過了片刻才說：「我騙了他，沒有臉見他。」

那也沒辦法了，沈洛年抓抓頭說：「那只好殺了他，我不能老耗在這兒，還有人等我救命呢。」一面轉身往洞口走，要和賴一心等人商量。

「等……等等。」阿白抓住沈洛年的手，有點慌張地說：「不能避開他嗎？你能另外找一條路嗎？」

「很難找。」沈洛年搖頭說：「這兒都還要挖二十公尺的石頭，更遠的還得了？」

阿白似乎有點慌張地說：「那該怎麼辦？萬一……」

沈洛年看著阿白說：「妳還喜歡他吧？」

阿白遲疑了片刻才黯然地說：「若不喜歡，也不會選他當伴侶……但那又如何？他還不是因爲喜慾之氣才愛上我的。」

沈洛年微微一愣，這是仙狐一族的宿命嗎？永遠不知道愛侶是不是眞的愛上自己？直到這一刹那，沈洛年才突然了解，爲什麼懷眞知道自己喜歡上她的時候，會表現得如此喜悅……正因喜慾之氣對自己沒有影響，這永遠困擾著仙狐族的魔咒就這麼輕而易舉地解開了。

沈洛年想了想，又說：「可是他老婆這麼多，卻選妳幫他生孩子呢？他若心中愛著別人，喜慾之氣的影響不是會降低嗎？」

阿白一怔，遲疑了一下才說：「洛年先生，我剛剛就想問……你知道這麼多，莫非識得其他的仙狐？」

沈洛年一怔，只能點了點頭。

「她願意告訴你這麼多，一定很喜歡你。」阿白遲疑了一下才說：「知道我們藉著採補修煉，你會看不起我們嗎？你會看不起……她嗎？」

懷眞倒不是這麼修煉，但這也不用特別解釋，沈洛年看著阿白，微微搖了搖頭。

「太好了，我眞羨慕她有這個勇氣。」阿白望著洞外說：「其實我們一直都只願意和喜歡的人在一起，但有喜慾之氣這個宿命，永遠也不知道對方是不是眞的愛上自己，我也好想告訴他，但是我……連說出口都不敢……」

這也不能勉強，但這樣該怎辦？沈洛年轉身走向門口防守的白宗眾人，卻見揮著兩扇大翅膀的張志文，似乎正對狄純開玩笑，只聽他笑說：「騙妳幹嘛？我說眞的啊！」

「眞的嗎？」狄純紅著小臉一臉爲難。

「怎麼？」沈洛年走近問。

「洛年。」狄純回頭，慌張地扯著沈洛年衣服說：「千羽變身，要脫衣服的啊？」

「呃？」沈洛年可也不知道，但看渾身羽毛的張志文，兩臂變成一對大翅膀，一般衣服果然穿不了。

「可以穿肚兜。」張志文笑說。

「不要啦……」狄純縮到沈洛年身後去。

「穿肚兜也沒關係吧？」沈洛年抓頭說。

「怎麼會沒關係？」狄純委屈地叫。

「別勉強小純啦。」葉瑋珊也笑著搖頭說：「不過小純身體這麼輕，其實眞的很適合千羽引仙。」

「出去再說吧。」沈洛年搖搖頭說：「你們怎麼這麼輕鬆，不打算打出去嗎？」

「那狼妖似乎只是想堵住我們。」賴一心接口說：「這狼妖明明會說話，卻又不理我們的問題，不知道在氣什麼……我想等他氣消了再問問看。」

氣什麼？氣你們拐走他老婆啦！沈洛年回頭看看，見阿白站在不遠處一臉爲難，沈洛年也不好多說，只說：「打算等多久？澳洲那兒的人，正等著你們救命呢。」

賴一心微微一怔，走近說：「對了，洛年你說有事……澳洲怎麼了？」

當下沈洛年把庫克鎭的事情簡略地做了說明，當他提到陸塊移動、造成海嘯的事情時，這還是白宗眾人首次聽聞此事，大夥兒都叫了起來。

「不是只有馬來半島這邊地震喔？」瑪蓮詫異地嚷。

賴一心則是大驚失色地說：「那台灣那邊怎辦？花蓮豈不是也會有海嘯？」

「如果有，趕去也來不及了，而且那兒有千多名的引仙者可以善後，我們去不去差異不大……」葉瑋珊沉吟著說：「阿哲既然沒用輕疾傳訊過來，應該沒有大問題，晚點我再問問……洛年，澳洲那兒呢？要我們幫什麼忙？」

「因爲約克角可能隨時會毀掉，庫克鎭的人們必須往南遷。」沈洛年說：「但是有個叫梭狪的妖怪攔路，我打不過，而庫克鎭那兩萬多人中，沒有半個變體者……只好來找你們幫忙。」

「沒有變體者……嗎？」葉瑋珊有點疑惑地皺眉問。

爲什麼這麼問？沈洛年一愣才想通，自己對葉瑋珊提過馮鴦的事情，不過換靈那些很難解釋，沈洛年眉頭一皺說：「對，沒有。」

葉瑋珊雖然不明白，但當著眾人也不好追問，只好罷了。

「不對。」奇雅突然皺眉說：「洛年，你說這地震是全球一起的？」

「對啊。」沈洛年點頭。

「地震後還不到一天，你怎能這麼快趕來？」奇雅詫異地問。

「凱布利飛的速度變快了。」沈洛年簡略地解釋了一下，又說：「我也打算用凱布利帶你們去澳洲，當然會比我來的速度慢些，但應該還帶得動。」

「洛年我有問題！」瑪蓮舉手說：「那個梭狪，會不會說話？」

沈洛年一怔，搖頭說：「那種妖怪偏獸性，無法溝通，只能打退他或殺掉他。」

「太好了。」瑪蓮拍手大喜說：「走，快去澳洲！」

「爲什麼太好了？」沈洛年一頭霧水。

「可以用輕疾跟他說話的，宗長和奇雅都說不准吃。」瑪蓮呑口水說：「好久沒吃妖怪肉了。」

「有靈性的，當然不能吃啊。」葉瑋珊好笑地說。

瑪蓮搖頭說：「宗長妳肉吃太少不知道，妖怪肉帶著一股香味說。」

「有嗎？」葉瑋珊苦笑搖頭。

「只是帶著妖質的味道啦。」賴一心一笑說：「庫克鎭的事情聽來挺緊急，不能在這拖太多天……看來只好殺到一個程度再談看看？」

「盡量別濫殺……」葉瑋珊沉吟說：「那狼妖王似乎有點失去理智，無法溝通……除去他，也許狼妖就會散去。」

「就這麼辦！」賴一心安排說：「洛年、小純、阿白小姐你們留在洞裡。我們其他人出去，添良、志文先去對付狼妖王，把他引到洞外的空地，之後我、宗儒、宗長、奇雅各守一方，逼退其他狼妖，把狼妖王堵在中間，瑪蓮和小睿留在陣中下殺手，志文、添良輔助。」

眾人合作已久，當下人人拿起武器，準備往外走。

這樣對阿白可不好交代，沈洛年正想要眾人別下殺手，阿白突然開口輕喊一聲：「請……請等一下。」

眾人一愣，紛紛回頭，詫異地看著阿白。

「我去跟他談談。」阿白對著眾人躬身行禮說：「他是來找我的……對不起，連累了大家。」

吳配睿詫異地問：「阿白姊，怎麼了啊？」

「那狼妖王……是我丈夫。」阿白低頭說：「對不起，我不是人類。」

「什麼？」眾人紛紛叫了起來。

阿白苦笑了笑，轉頭向沈洛年走近，紅著眼低聲說：「洛年先生，世人都說仙狐濫情……其實仙狐不是濫情，只是多情，請你好好對我那位同族，好嗎？」

想見到懷眞，還要等很多年呢……沈洛年嘆了一口氣說：「我知道。狼妖的事，妳自己處理沒問題嗎？」

「我試試看。」阿白苦澀一笑，轉身往外走去。

「阿白姊？」吳配睿又叫了一聲，拿著長柄刀想追過去。

「讓她處理。」沈洛年攔著說：「沒辦法才幫忙。」

瑪蓮詫異地說：「洛年你知道了什麼？你不是才剛到嗎？」

「你剛剛一定和阿白姊談這件事對不對？」吳配睿跟著嚷。

沈洛年見阿白正對外呼喊，連忙說：「別吵，仔細聽。」

「宗長快翻譯！」瑪蓮忙叫。

幹嘛要葉瑋珊翻譯，不是每個人都有輕疾嗎？沈洛年望過去，卻見葉瑋珊正喚出輕疾，讓他在肩膀上翻譯，而眾人則都湊了過去旁聽。

這倒是個省炁息的好辦法，不用每個人都耗一堆炁，而葉瑋珊本是這群人中補充炁息最快的，當然最適合做這件事。

不過自己不用湊過去，自備翻譯機的沈洛年反而往洞口走了幾步，只聽阿白往外喊著：「踏沙之足……？踏沙之足……？」

片刻之後，那狼妖王出現在洞口不遠，迷惘地望著這完全不認識的人類女子。

兩方對視片刻，狼妖才緩緩地嘶吼，用狼族的語言說：「爲什麼？落葉之風，氣味？」

「踏沙之足，我……我就是落葉之風。」阿白以人類的語言低聲說：「我不是白狼族，我是……我是仙狐族的，可以化形……對不起，我騙了你……你走吧，這些人類你打不過的。」

狼妖王呆了片刻，突然充滿怒氣地仰天嗥了一聲，周圍的狼妖紛紛響應，跟著嗥叫起來。

在這一連串的嗥叫聲中，阿白緩緩開口：「我……只是想和你相處幾年……但如果爲你生了孩子，以後孩子會受罪的，我不得不走。」

狼妖王凝視著阿白，過了片刻，眼神漸漸柔和，低聲說：「落葉之風，回來。」

阿白一怔，望著狼妖王說：「踏沙之足？」

「回來。」狼妖王說：「落葉之風，不生孩子。」

阿白遲疑著說：「你不怪我騙你？」

狼妖王微微側著頭，看著阿白說：「我，生氣，非常。」

阿白臉色慘白，退了半步說：「那……」

「落葉之風，離開，不好。」狼妖王凝視著阿白說：「回來，不生氣。」

「不行的。」阿白難過地說：「你和仙狐族在一起，怎麼當王？」

狼妖王，周圍望了望，回頭說：「王，不要。」

阿白吃驚地說：「不要？你那些妻子呢？」

「妻子，不要。」狼妖王目光透出溫柔，望著阿白說：「落葉之風，一起。」

阿白凝視著狼妖王，不禁潸然淚下，哽咽著說：「你……你爲什麼還要這樣對我？你是被喜慾之氣騙了，還不知道嗎？」

「落葉之風，一起。」狼妖王緩緩往前走，站在阿白面前，抬頭用鼻子蹭了蹭阿白的臉。

這一瞬間，周圍的狼群突然再度大聲嗥叫起來，冒出了一股怒氣，竟似乎針對著狼妖王和阿白。狼妖王目光一厲，昂然無懼地對四面大聲狂吼，周圍的狼妖卻緩緩往前圍上，他們充滿著殺氣與怒氣，也不知道是想攻擊狼妖王還是阿白。

沈洛年等人也忍不住往外走，若兩邊眞的亂鬥起來，說不得得出手幫忙。

阿白卻不理會周圍的狼妖，她抹開淚，抱著狼妖王毛茸茸的頸部低聲說：「你這傻瓜既然還要我，不管你是不是眞的喜歡我，我陪你過完這輩子就是了。」

狼妖王一喜，頂著阿白到自己背上，長嗥聲中，騰空而起往外急飛，周圍的狼妖怒吼中紛紛躍起，跟著追去。

眾人跟著衝了出來，早已經紅了眼眶的吳配睿，大聲喊：「阿白！你們快跑！快跑！」

「阿白！打不贏我們幫妳！」瑪蓮也拿著彎刀大叫。

沈洛年回頭一看，卻見不只這兩人紅了眼睛，葉瑋珊也正拿著手絹拭淚，奇雅則轉開頭望著別處，不讓人看到她的臉孔，至於狄純更是早已經哭得稀里嘩啦，一把鼻涕一把眼淚。

媽的，女人就是愛哭！沈洛年本來還沒有太大的感觸，但看這些女孩流淚，莫名也跟著有點鼻酸，還好那群白狼妖群，似乎誰也追不上狼妖王的速度，很快就被甩開了一段距離，沒過多久，百餘隻狼妖就這麼消失無蹤。

ISLAND

真是我嗎？

眾人怔忡了半晌，這才彼此互望著，喘出一口大氣，雖然剛剛並沒動手，卻彷彿經歷了一場大戰一般，讓人有種脫力的感覺，一時之間，誰也不知該說什麼。

這時那些毛族人，卻靜悄悄地一個個飄了出來，他們四面打量，見終於恢復平靜，彼此商量片刻之後，似乎討論妥當了，魚貫飄到沈洛年身旁圍著。

沈洛年心情還有點激盪，他深吸一口氣，蹲下說：「有事？」

有個駕駛著一台浮空無殼小怪手般古怪器具的毛族人，越眾飄向沈洛年，輕喊說：「人類先生。」

沈洛年苦笑說：「別老叫人類先生，我叫洛年。」

「洛……洛年先生。」毛族人又向四面看了看，這才說：「我們準備離開了，多謝你指引我們方向。」

「這就要去了？」沈洛年微微一怔說：「這麼長路程，太危險吧？海上還有海嘯呢……要不要跟我們去澳洲？等陸塊合攏起來之後，再和我們一起上噩盡島。」

毛族人扭扭上半截腦袋，也不知道是不是搖頭，他似乎怕讓其他人聽到，低聲說：「毛族人不和其他人類、妖族相處……洛年先生是例外。」

原來如此，那就不勉強了。沈洛年點頭說：「你們一路小心。」

「洛年先生。」毛族人說：「我們有種器具，裝在腳下可以讓身體變輕一些，跑起來會更快，你需要嗎？」

變輕？自己都可以飄上天了，想送禮物也送點有用的吧？沈洛年好笑地搖頭說：「用不著。」

毛族人微微一呆，回頭與眾人商量了片刻，那毛族人又回頭說：「我們有種治傷藥，抹在傷口上，可以有效造成保護層，隔絕細菌，加速傷口癒合，洛年先生需要嗎？」

對別人可能很有用吧……沈洛年搖頭說：「也不需要。」

毛族人意外地回過頭，又討論了半天，過了片刻，那人又回頭說：「有一種高頻率震動的刀刃……」

沈洛年打斷說：「你們是想送點東西給我，表示感謝是嗎？」

毛族人一怔說：「還是……您有什麼需要的？」

「那時只是幫點小忙。」沈洛年搖頭說：「我常常到處逃，送我東西容易丟，不用送了。」把姜普旗和金犀匕一起塞在吉光皮套已經挺擠了，萬一還有東西可不知道該塞哪兒去。

毛族人似乎十分為難，又開始商議起來，沈洛年這次不等他們商議完，打岔說：「眞的不用了。」

毛族人這才停了商議，領頭那人對沈洛年說：「那麼……多謝了。」

「不用客氣。」沈洛年想想又說：「到海上時小心海嘯，很高。」

「多謝關心，沒問題的。」毛族人回過頭，那各種古怪的交通工具，突然一面變形一面結合在一起，還不到一分鐘的時間，出現了一個怪模怪樣的大型物體浮在空中，那造型就彷彿兒童隨意組合的積木一般，乍看沒有規律，卻又有自己的道理。

組合完畢之後，本來只浮在地面上的那團物體開始往上飄，毛族人一面對沈洛年揮手說：「洛年先生，希望還有機會再見。」

「一路小心。」沈洛年說。

那物體也看不到引擎、風扇之類的東西，不知動力來源爲何，只見那物體慢慢轉往東方，就這麼平順地往外飛，由緩而疾，越來越快，過不多久翻過了山頭，也消失無蹤。

沈洛年轉過頭，卻見另外一端，狄純正坐在地上，被眾人圍著說話，她那小臉上雖然泛著點羞紅，卻不時露出盈盈淺笑，似乎頗爲開心。

沈洛年稍感安心，這些人本就不難相處，狄純也是個乖小孩，兩方應該很快就能熟絡，等引仙之後，乾脆也讓狄純入白宗好了？自己剛好名正言順地閃人，就怕總門把矛頭轉到白宗身上……

狄純一面和眾人說話，一面不時偷看沈洛年，當看到毛族人飛走，沈洛年往這兒走的時候，她不禁啊了一聲說：「毛族走了？」

「啊？」吳配睿轉頭失望地說：「我們還沒認識他們耶，我好想問問能不能借我抱一下。」

「他們很怕人。」沈洛年翻白眼說：「不會讓妳抱的。」

「對了，澳洲那兒急不急？」葉瑋珊看看天色說：「天快黑了，如果不急就在這山洞住一晚，明天才出發，晚上順便幫小純引仙，否則去了怕沒時間。」

出發後確實可能沒時間管狄純的事情，先處理妥當也好。沈洛年點頭說：「一、兩日內應該還好，明天再走吧。」

「洛年。」黃宗儒剛看到毛族人離開的最後一幕，一臉迷惑地說：「那些是什麼機械？用電控制嗎？現在不是不能用電了嗎？不能用電怎麼能這麼精密地控制？」

「對啊。」侯添良也訝異地說：「還在空中搞合體，讓我突然懷念起看動畫的日子。」

沈洛年想都沒想過這問題，微愣搖頭說：「我不知道。」

「應該問問的。」黃宗儒扼腕說：「說不定他們掌握了什麼人類不明白的高科技，他們去哪兒了？」

「噩盡島的地下。」沈洛年說：「他們似乎也很怕妖怪，聽說有道息少的地方，就急著去了。」

「那個不重要啦！走了就算了。」瑪蓮插嘴說：「洛年，阿白是怎麼回事啊？什麼仙狐族，你早就知道嗎？我們都聽不懂。」

能夠在妖怪世界使用的高科技，居然還不如兩隻妖怪的愛情重要？黃宗儒不禁苦笑，又不好多說什麼。

「什麼東西聽不懂？」沈洛年說。

「我先問！」吳配睿搶著說：「那狼妖王好像很愛阿白呢，阿白還說狼妖王是她丈夫……這是怎麼回事啊？阿白眞的也是妖怪嗎？」

「還有。」瑪蓮跟著說：「爲什麼阿白說狼妖王被她騙了？還說他其實不喜歡她？」

「對了，什麼是喜慾之氣？」吳配睿補充追問。

沈洛年聽到這些問題，就想到懷眞，哪有心情回答？正皺著眉頭翻白眼時，狄純一面搖著小手，一面低聲說：「瑪蓮姊姊、小睿姊姊，這樣不行。」

「小純，怎麼啦？」瑪蓮轉頭問。

「一次只能問一個問題。」狄純眨眼說：「一下問一堆問題，洛年會生氣不回答的。」

「喂！純丫頭！」沈洛年不禁好笑，這丫頭窩裡反啊？

「我也想聽啊。」狄純臉上帶著得意，對沈洛年吐吐舌頭笑了笑。

「對喔！」瑪蓮一拍額頭說：「太久沒和洛年相處了，都忘記洛年脾氣很差，那我們一個個來，先從阿白和狼妖王的關係開始。」

沈洛年被這一鬧，那股鬱悶也淡了些，想了想說：「其實也沒什麼……仙狐族找到喜歡的對象，似乎會化成對方種族的模樣，和對方婚配，阿白曾和那狼妖王在一起一段時間，後來因爲一些原因逃了出來，狼妖王就聞著氣味追，剛剛發現兩方還是彼此喜歡，最後終於在一起……大概就這樣吧。」

「那爲什麼阿白好像又高興又難過的樣子？」吳配睿問。

「這是因爲喜慾之氣……」沈洛年實在懶得詳細解釋，正想打馬虎眼的時候，突然想起一事，這下可有了精神，當下一正臉色說：「喜慾之氣，那是一種讓其他生物喜歡，甚至愛上她的一種天生氣息，尤其是異性，對人類也有用喔。」

「咦？」這話一說，眾人可都吃了一驚，女孩們望著四個男孩，四個男孩也彼此互相打量，大夥兒看了半天，一個個都在搖頭說：「哪有？」「沒有、沒有。」「洛年又在開玩笑吧？」

「不是開玩笑。」沈洛年搖頭說：「只不過有個例外狀況，所以才對大家無效。」

「什麼例外？」葉瑋珊一面問，一面忍不住瞄了賴一心一眼。

沈洛年咳了咳才說：「心中若有眞心喜歡的對象，對這種氣就比較具有免疫力。」

「啊？」眾人一起叫了起來。

這一瞬間，葉瑋珊和賴一心兩人忍不住互望了一眼，張志文則乾笑偷看瑪蓮，卻被瑪蓮賞了個白眼；而奇雅則是搖搖頭，輕嘆了一口氣，害得侯添良也只好跟著偷偷嘆氣……不過下一刹那，眾人腦海一轉，每個人的眼睛都轉向了黃宗儒，瑪蓮彷彿發現寶藏一般地大叫：「無敵大！你喜歡誰？」

「呃？」黃宗儒先是一呆，跟著那張有點圓的臉整片紅了起來，結結巴巴地說：「洛……洛年，開……那個開……玩笑……的吧。」

侯添良忍不住用力拍了黃宗儒肩膀一把，大笑說：「幹！你好久沒結巴了，笑死我！」

「厚！阿猴！你又說粗話。」瑪蓮指著侯添良說。

「呃……」侯添良笑到一半，連忙掩住嘴偷看奇雅，卻見奇雅正不怎麼友善地瞥了自己一眼，侯添良不禁暗叫倒楣，但看著黃宗儒又不禁想笑，這兩股情緒交錯在一起，可眞難受。

卻說黃宗儒這端，正被瑪蓮、張志文聯手逼問，瑪蓮還比較客氣，只問是誰，張志文卻老實不客氣地喊：「是小睿吧？是小睿吧？別掙扎了啦！就承認了吧！」

「不……不是啦……」黃宗儒尷尬地看了吳配睿一眼，卻見吳配睿正睜著圓圓的眼睛看著自己，又是那個看不出喜怒的表情。

眾人目光不禁也轉到了吳配睿身上，一面都安靜了下來。吳配睿眼睛轉了轉，微微噘起嘴說：「無敵大說過當我是妹妹，搞錯了吧。」

「當成妹妹？這種話能信嗎？嘿嘿……哎呀？難不成喜歡的是阿姊？」瑪蓮湊近，笑嘻嘻地說：「要是喜歡阿姊要說啊！阿姊看你也不錯，又聰明、又老實，還和阿姊一樣是煉鱗，不像某個害蟲那麼討厭，咱們湊合湊合吧？」

「啥？」張志文忙叫：「無敵大你給我說清楚，不然兄弟沒得做了！」

「臭蚊子你凶屁啊！」瑪蓮笑罵說：「無敵大別怕他！」

「不……不是阿姊啦，我哪敢啊。」黃宗儒好不容易苦著臉擠出這句話。

「不然是奇雅嗎？」瑪蓮攬著奇雅的肩膀，瞄著侯添良，慢條斯理地說：「可是奇雅比較喜歡洛年喔。」

在奇雅的啐聲中，黃宗儒漲紅臉說：「不是啦。」

瑪蓮笑嘻嘻地說：「難不成是咱們宗長大人？」

葉瑋珊噗嗤一聲笑了出來，搖頭說：「怎麼可能？」

「我知道了！我知道了！」張志文大聲說：「無敵大，你其實喜歡阿猴對吧？」

「幹！」「靠！」侯添良、瑪蓮一起罵了出來。

「反應眞不好。」張志文一臉認眞地說：「你們這樣是歧視喔！還有阿猴又說粗話。」

「忍不住了啦！」侯添良瞪眼說：「你胡說什麼？」

「哎呀，我看宗儒被逼得好可憐嘛。」張志文笑著攤手說：「何必一定要人家招呢？」

「這話說得對。」奇雅緩緩說：「別起鬨了。」

奇雅一開口，正想開口的瑪蓮和侯添良一起閉嘴，場面霎時安靜下來。

吳配睿看著眾人的神色，又望望黃宗儒，歪著頭，有點好奇地說：「眞是我嗎？」

「呃……嗯……」黃宗儒尷尬地愣了片刻，才胡亂應了一聲。

「為什麼不早說？」吳配睿皺起眉頭，想了片刻才說：「我們去裡面談一下。」她說完一轉身，往山洞內走了進去。

黃宗儒呆了呆，看看眾人，只好跟了進去。

「靠！小睿突然間變得好成熟。」瑪蓮瞪大眼睛低聲說。

「對啊，還是要面對自己感情比較好。」張志文跟著湊近說。

「你這話什麼意思？」瑪蓮一巴掌揮了過去，逼得張志文乾笑著閃開。

狄純和這些人雖不算熟稔，但在旁聽著這些對話，也忍不住笑個不停，好不容易止住了笑，卻見沈洛年神色有些凝重地看著山洞，她輕喊了一聲說：「洛年？」

「嗯？」沈洛年回過頭。

「想什麼？」狄純問。

沈洛年望望山洞，回過頭說：「也許我想太多了，沒什麼。」

狄純也不在意，她帶著笑容說：「我跟你說，剛剛我們還是決定千羽引仙了。」

「眞的嗎？」沈洛年微微一怔，不是要脫衣服嗎？

狄純看著沈洛年的目光，微紅著臉，比著腋下的衣服縫線說：「這兩邊各做半截活扣，就沒問題了，不……不用穿肚兜。」

沈洛年一怔，想像著衣服的模樣，點頭說：「背心型的？」

「嗯。」狄純點點頭，囁嚅說：「背心雖然也不是很好，但……總比那個好些。」

「袖子也可以做成活扣，變形前扯下就好了。」瑪蓮說到這兒，目光轉向山洞說：「怎麼辦，我好想去偷聽，無敵大會不會被小睿欺負？」

「別胡鬧。」奇雅瞪了她一眼。

瑪蓮正笑著，張志文卻在一旁唸：「阿姊妳想出新辦法，居然一直都不告訴我，讓我每次都脫衣服。」

「你愛脫讓你脫啊，幹嘛跟你說？」瑪蓮哼哼說。

張志文卻突然嘿嘿一笑說：「其實阿姊會去想衣服的設計，是爲我著想對吧？」

「臭美。」瑪蓮白了張志文一眼：「那我爲什麼不早跟你說？」

「大概是想看我裸體吧？」張志文笑說。

「去你的！」瑪蓮忍不住笑了出來，推了張志文一把說：「瘦皮猴一個有什麼好看？還不去幫小純抓鳥！」

「遵命！」張志文才要轉身，又回頭說：「可是宗長說不准一個人亂跑，阿姊陪我去？」

「你……你眞的很煩耶，我自己去！」瑪蓮頓了頓足，扭頭往森林中掠，張志文對眾人嘻嘻一笑，跟著彈身追了過去。

沈洛年有點意外，望著葉瑋珊與賴一心說：「抓什麼鳥？」

葉瑋珊解釋說：「引仙之法，是以妖質浸入動物部分軀體，使其妖化，再以妖質爲介質，融入人體中。」

「什麼？」狄純一驚說：「小鳥不就死了嗎？那我不要引仙了。」

「不是這樣的。」葉瑋珊微笑說：「只要血、毛各一點點即可，不會傷了鳥獸的生命。」

沈洛年倒也是第一次聽到細節，感覺上這和煉蠱之術似乎頗有異曲同工之妙？他沉吟說：「要那些東西做什麼？」

「懷眞姊沒解釋。」葉瑋珊和賴一心對望一眼，這才接著說：「我們是推測，可能與遺傳因子有關……不過細節就不明白了。」

「那不同的鳥有差嗎？」狄純又問：「他們會抓哪種鳥？」

「一般飛禽都一樣。」葉瑋珊說：「也許取更多地方妖化，會變化更大，但我們不敢亂試，怕把人類的本性也蓋掉。」

這部分就和煉蠱不大一樣，凱布利活脫脫就是一隻雲南糞金龜，和別地區的完全不同。

「引仙之後大概要一個星期才能逐漸習慣吧？」賴一心轉頭望著侯添良說：「有沒有什麼特殊的事情要注意？」

「問我嗎？」侯添良一愣，很少人主動找他解釋事情。

「不然問誰？」奇雅白了他一眼。

「呃？」侯添良四面看看，這才發現圍著談話的六人中，居然只有自己一個人引仙過，他連忙點頭說：「是……差不多一個星期，比變體適應的時間快很多……那個……頭兩天身上會有點癢，有點疲倦，過去就好了。」

「你們幾個都沒引仙？」沈洛年看著賴一心、葉瑋珊與奇雅，有點意外地說：「難怪都沒有妖炁的味道。」

「我們是發散型的，引仙了怕不適合。」葉瑋珊解釋說：「一心是想試試不引的狀況。」

「還不錯。」賴一心笑說：「本來吸妖質的速度變慢了，這次道息大漲，又可以吸一些。」

「這樣下去會怎樣？」沈洛年問。

「可能最後會以純人類的狀況妖化……或者說仙化吧。」賴一心沉吟說：「和引仙融入異種妖體的模式不大一樣。」

眾人正聊間，天上突然又開始灑下黃豆般的雨點，這兒的雨一來可是毫不客氣，眾人驚呼一聲，顧不得說話，紛紛往洞內跳下，但這一跑，正坐在洞內低聲談話的黃宗儒、吳配睿兩人吃了一驚，同時站了起來。

跑入洞中的六人也愣了愣，眾人彼此望了望，賴一心乾笑說：「對不起，下雨了，你們要不要進去裡面一點談？」

「沒關係。」黃宗儒不大好意思地說：「我們……已經談完了。」

「嗯，談完了。」吳配睿點了點頭。

六人面面相覷，每個人都想知道結果，卻誰也不知該如何開口，這種事情，平常若不是瑪蓮，就是吳配睿最有興趣，要不然張志文偶爾也會嘻嘻哈哈地打探消息，但這時瑪蓮和張志文不在，吳配睿自己是當事人，可缺了詢問的人才。

吳配睿看著眾人的神色，噘起嘴說：「不用問了，我自己說。」

葉瑋珊有點小興奮地接口說：「你們怎樣？」

「試試看囉。」吳配睿表情平靜，看來不喜不怒也不覺害羞，她望了黃宗儒一眼，回頭對眾人接著說：「我也不討厭無敵大，他如果是真心的喜歡我……很好啊。」

「等——等——我——」瑪蓮冒著雨，身上泛出鱗片，鼓起炁息，連續使用爆閃心訣破空衝了進來，一面大叫：「我就知道下雨大家都會進來！我錯過了什麼？重說！重說！」

她身後張志文正苦笑飄入，兩人都是渾身濕透，張志文左手還抓握著一隻雀鳥，那雀鳥小小的喙帶了點灰，頭頂到背部一片黑紫，翅與下腹是柔和的黑白交錯，雖不算亮麗，仍十分漂亮醒目。

吳配睿見瑪蓮這麼聲勢浩大地衝進來，終於有三分害臊，咬著唇說：「我才不要重說！」

「啊？」瑪蓮回頭一把抓住侯添良說：「阿猴，剛剛小睿說了什麼？」

「她說……」侯添良愣了愣說：「她……也喜歡無敵大，以後就在一起了。」

吳配睿可忍不住了，紅著臉頓足大叫：「阿猴哥！我才不是這麼說的！」

「啊我就不大會傳話……」侯添良尷尬地說：「妳還是重說吧？」

葉瑋珊頗不願這樣岔了開來，她還想聽後面呢，忍不住開口補充：「小睿說她不討厭宗儒，既然宗儒眞心喜歡她，也很好，可以試試。」

這樣說起來還差不多，吳配睿這才消了氣。

「然後呢？」瑪蓮不負眾望，馬上追問。

「沒什麼然後啊。」吳配睿扭開頭說：「然後就下雨了。」

瑪蓮望著黃宗儒說：「無敵大，你也說句話啊！」

黃宗儒反而顯得頗不自在，苦笑說：「小睿都說完了啊。」

「嘖！」瑪蓮目光一轉又說：「小睿，妳怎麼知道無敵大是眞心的？男人很多都是大騙子。」

吳配睿停了幾秒，望了沈洛年一眼說：「洛年說眞心才有效果，我相信洛年。」

「對！」張志文連忙拍手說：「有眞心喜歡的對象，才能抵禦那什麼氣的誘惑！」

侯添良呆了兩秒才想通，連忙跟著說：「沒錯！洛年說的不會錯。」

這下子瑪蓮和奇雅臉上都有點掛不住，奇雅還只是皺眉不吭聲，瑪蓮白了張志文一眼，走到一旁抓起衣包說：「我才沒這麼好騙！阿姊去換衣服，哪個帶把的敢過來，小心被我割掉！」一面扭身往山洞深處走去。

張志文抓抓頭，乾笑說：「意思是我得在這兒換？」

侯添良幸災樂禍地說：「不然你去試試會不會被割掉啊。」

「哪這麼容易被割掉，我是不想惹火阿姊。」張志文苦笑了笑，只好讓衣褲的水繼續亂滴，一面走向葉瑋珊，伸手說：「下雨前只抓到這隻鳥，可以嗎？」

「可以，謝謝。」葉瑋珊以炁勁包裹著接過，做著事前的準備，狄純見狀連忙湊過去，對張志文道謝。

「似乎是鵲鴝。」葉瑋珊取下一點羽毛和血液，收入一個比手掌略小的瓷瓶中，跟著從包裹中取出妖質，準備加入瓶內。

「鵲鴝？」狄純好奇地問。

「有點像喜鵲，很愛唱歌，又叫四喜兒。」葉瑋珊處理妥當，把鵲鴝往洞口一放，那鳥兒似乎並不怕人，眼看外面大雨傾盆，居然就這麼留在洞口附近蹦來蹦去，偶爾還歪著頭看著眾人咕嚕嚕地叫了兩聲，眾人看了好笑，也不去管牠。

「瑋珊姊姊妳懂得好多喔。」狄純睜大眼說：「那個……學……學校教的嗎？」

「哪個學校會教這種東西？」吳配睿早已忘了害臊，好奇地問：「小純妳怎會這樣問？」

狄純輕輕搖了搖頭，低聲說：「我……我沒讀過書，對不起。」

吳配睿和葉瑋珊一愣，一下子都不知該怎麼接口。停了幾秒，吳配睿才轉了轉眼睛說：「小純，沒關係的，我讀了好多年書，現在到處打妖怪，書一點用都沒有。」

「小睿。」葉瑋珊不禁苦笑說：「也不能這麼說吧？」

「別管小純啦，什麼事情都說對不起是她的壞習慣。」沈洛年哼了一句，轉身往上飄飛到那裂開的洞口處，嚇得那鶺鴒飛衝入雨中，他這才望著洞外天空大聲埋怨：「這邊怎麼老下大雨啊？」

「這兒最近是雨季。」葉瑋珊笑說：「這也好生氣？」

沈洛年瞄了瞄天空，突然回過頭說：「宗儒，有空嗎？問你點事情。」

黃宗儒一怔，也往洞口縱了過去。

「瑋珊姊姊。」這端狄純見沈洛年走遠，低聲說：「你們剛剛提到的……懷眞姊，是洛年的誰啊？是……是他喜歡的人嗎？」

葉瑋珊一怔，也壓低了聲音說：「洛年沒跟妳說過？」

狄純吐吐舌頭，搖頭說：「洛年很多事都懶得說，問多會挨罵。」

「這洛年，連妳都捨得罵，實在是……」葉瑋珊看著狄純，突然頓了下來，若是沈洛年當眞捨不得罵狄純，自己不知又會作何感想？他當初似乎喜歡自己的時候，對自己可依然毫不客氣呢……

吳配睿也在一旁，跟著睜大眼低聲說：「懷眞姊的事情，其實我們知道的也不多，妳聽洛年提過嗎？」

「他很少說。」狄純偷看沈洛年一眼，低聲說：「只告訴過我，他……有喜歡的人……」

「咦！眞的嗎？」吳配睿一臉興奮地說：「我們來交換一下資訊好不好？」

這兒葉瑋珊、狄純、吳配睿正說著悄悄話，那端沈洛年和黃宗儒站在那斜往上方的洞道，在嘩啦啦的雨聲中，黃宗儒笑說：「很久沒和你聊了，怎麼了？」

「嗯……」沈洛年望著黃宗儒，不禁有點感慨，他可說是這群人中改變最大的吧？初識時在那教室大樓後巷道的窩囊模樣，和如今面對妖怪時捨我其誰、奮不顧身的氣概，根本就是完全不同的兩個人……是什麼讓他改變的？只因爲變體後獲得的力量嗎？該還有點別的東西吧？

沈洛年這麼思考了片刻，終於緩緩開口說：「你眞是喜歡小睿嗎？」

黃宗儒臉上的笑容一僵，張了兩次口，卻說不出話來。

「果然不是。」沈洛年皺眉說：「我可不想害了小睿，你爲什麼不說清楚？」

黃宗儒遲疑了片刻才說：「我不能說。」

沈洛年想著剛剛對話中，自己覺得有點古怪的那一剎那，他心一沉說：「你也喜歡瑋珊？什麼時候開始的？」

「不是。」黃宗儒馬上搖頭。

「騙我沒用的。」沈洛年也馬上說。

黃宗儒一呆，看著沈洛年片刻，終於還是堅定地說：「不是！」

他是打定主意永遠不說嗎？沈洛年想起自己對葉瑋珊那份曾經揚起激越，慢慢又冷卻平靜的感情，不也一樣只能埋在心底深處？沈洛年心一軟，不再逼問，只搖搖頭說：「我不管你喜歡上誰，以這種心情去面對小睿，不好吧？」

「其實小睿也不是眞的喜歡我。」黃宗儒回頭看了一眼，轉頭說：「別看她這麼喜歡問東問西、想知道別人的故事，其實是個很沒夢想的女孩子……或者該說很理智。」

「什麼意思？」沈洛年皺眉問。

「也許是家庭的因素……」黃宗儒接著說：「她其實內在挺悲觀，似乎不怎麼相信愛情，所以她很難眞的喜歡上誰，頂多只是不討厭而已。」

「哦？」沈洛年望了望吳配睿，她確實一直都沒透出過什麼戀愛的氣息，黃宗儒這話似乎有點道理。

「她偷偷告訴過我，當初以爲你喜歡她，曾想和你試試交往……」黃宗儒頓了頓，苦笑說：「就是我和她第一次見面那天，記得嗎？」

沈洛年當然還記得那「老張排骨飯」的往事，原來那時吳配睿是打算試著和自己交往？難怪要自己請客……沈洛年點了點頭，等黃宗儒接著說。

「現在也是一樣。」黃宗儒說：「她以爲我喜歡她，所以要和我試試看……和你不同的是——我覺得無妨，我也不討厭她，爲什麼不試試？」

「問題是你喜歡別人啊。」沈洛年說。

黃宗儒沒回答這句話，搖了搖頭，最後才說：「如果以後……萬一我眞和小睿在一起，我一定會好好對她，不會對不起她，我跟你保證。」

沈洛年也不知該怎麼處理這種問題，要怪黃宗儒似乎也不對，這件事其實還是自己多口惹出來的，沈洛年想了片刻才說：「眞要這樣？」

「不然呢？我也沒有別的選擇。」黃宗儒說。

在黃宗儒只能承認「心中的人是吳配睿」的情況下，確實只能這樣了……沈洛年想想，看著黃宗儒說：「那麼這件事情，你和我永遠都不能說出去，否則小睿知道眞相，會傷心的。」

「當然。」黃宗儒露出一抹有點苦澀的笑容說：「我本來就不打算說出去。」

「都是我太多嘴。」沈洛年皺眉說。

「發生了就算了。」黃宗儒反而拍拍沈洛年肩膀說：「有些錯誤也有可能變得很美麗。」

沈洛年忍不住皺眉看著黃宗儒說：「媽的！你在作詩啊？」

「呃……只是剛好想到這句話。」黃宗儒乾笑了笑，突然一收笑容，喟然說：「不過小睿一直都很感激你，也最信任你……如果今天是你想追求她，她一定會答應，可惜你似乎沒興趣。」

沈洛年聽到這番話，一時也不知是什麼滋味。他回頭一望，見葉瑋珊、吳配睿、狄純三女正一面交頭接耳，一面偷看著自己，跟著連換好衣服的瑪蓮都一臉興奮地湊了過去，他暗叫不妙，當即說：「不聊了，進去吧。」

黃宗儒跟著轉身，只見吳配睿剛好也對自己望來，兩人目光一碰，彼此都有些尷尬地微微笑了笑，跟著吳配睿難得地主動轉開目光，似乎帶了一抹幾難察覺的羞澀。

這模樣也是挺讓人心動的……就從今天開始，喜歡上這個妹妹般的女孩吧……黃宗儒吸一口氣，帶著微笑往人群走去。

ISLAND

別去湊熱鬧！

第二天清晨，趁著大雨稍止，十人乘坐著五公尺長、翻過身來腹部朝上的巨型凱布利，高速往東南飛行。

雖然巨型凱布利可以容納更強大的妖炁，但一方面體積變大，二來載重增加，最高速大概不到之前的一半，但就算如此，估計還是可以在半天內抵達目的地。

這麼一飛，瑪蓮等人忍不住抱怨沈洛年不早點出現，害得他們坐船花了不知多少時間，一面又挺羨慕這種控制妖怪的法門。瑪蓮、吳配睿當下纏著沈洛年要他傳授，沈洛年自是不予理會，把兩人趕得老遠。

凱布利雖然因為不能收斂妖炁，那鼓脹外散的妖炁頗有點顯眼，但現在天下大亂，陸地挪移、海面翻騰，誰也懶得管這高速經過的妖炁團，那日山芷若不是發現這股妖炁和沈洛年有關，也未必會這麼興沖沖地飛來。

很快地，凱布利帶著眾人離開馬來半島，飛越婆羅洲；對陸地位移的事，眾人本來還有點半信半疑，直到經過印尼島群時，眼看本來四面散開的島群許多都擠成一團、嚴重變形，各地岩塊崩散堆扭，看不出原來模樣，才確定沈洛年說的是實話。

當凱布利飛越澳洲北面的「阿拉夫拉海」，進入約克角西方的「喀本塔利亞灣」時，天色已然入黑，這時正逢舊曆月底，暗夜無光，加上這幾日海浪不斷翻攪、怒浪頻起，天候變得異常古怪。海面百公尺內，總籠罩在一片濕霧之中，尤其下方凱布利又是一片濃黑，完全不會反射任何光影，眾人就彷彿在一大片帶著點濕氣的黑霧中飛行，什麼都看不清楚。

眾人無所事事，入黑之後，不少人乾脆靠著某隻蹺起的甲蟲腿假寐，其中狄純在昨晚接受了千羽引仙，這時身體正在變化適應中，頗不舒服，此時正躺臥在奇雅、瑪蓮身旁讓她倆照顧，葉瑋珊則與賴一心在末端肩靠著肩，也不知道是休息還是正悄悄敘話，至於張、侯、黃、吳等四人，今日本一直盤據在前足的特等席那兒，一面吹風一面笑鬧，但天黑之後，也紛紛靠著影妖的腿打起瞌睡。

但在這狂風吹撫下，其實並不容易睡熟，當從約克角北端進入陸地的時候，周圍聲浪突然改變，眾人紛紛睜開眼睛四面張望。

瑪蓮眼看大片濃霧散去，終於能看到月色與星光，她跳了起來，用力吸了一口氣喊：「不睡了！起床！起床！」

「幹嘛啦？又在瘋了。」奇雅低聲抱怨：「妳吵到小純了。」她正以炁勁攬著嬌小的狄純，躺在奇雅懷中的狄純，因爲引仙的關係，這一整天都很疲倦，一直半睡半醒著。

「沒……沒關係。」狄純迷迷糊糊地說

「嘻嘻，小純好乖。」瑪蓮摸摸狄純的頭，跳起往前端的沈洛年走，一面說：「洛年！剛剛怎麼都是霧啊，爲什麼不飛高點？」

「道息大漲加上天下大亂，高空不時有挺強的妖怪飛來飛去。」沈洛年站在前端說：「還是別飛太高好點。」

瑪蓮往外望說：「還有多遠？」

「快了。」沈洛年停了幾秒說：「四百多公里，一個多小時就到了。」

「洛年，這一片黑你怎麼看方向的啊？」被瑪蓮吵醒的吳配睿，忍不住問。

「不是說過我會算命嗎？」沈洛年說：「算出來的。」

「又騙人。」吳配睿忍不住笑說：「我才不信。」

沈洛年才不管這謊言有沒有邏輯，哼哼說：「不信拉倒。」

「眞的假的？」瑪蓮好笑說：「那你算算……阿姊今天內褲什麼顏色？」

「這瘋女人。」奇雅忍不住輕罵了一聲。

瑪蓮笑說：「不然算奇雅的。」

奇雅啐說：「少胡說八道。」

「不行。」沈洛年也覺得好笑，搖了搖頭，突然有點得意地說：「這是非法問題……媽的，也輪到我說一次。」

「什麼非法？哪一國的法？」瑪蓮詫異地說。

「牽涉到個人隱私的不能算。」沈洛年說。

「阿姊特准你算。」瑪蓮大方地說。

也被吵醒的張志文舉手打了個呵欠，這才說：「那我當公證人。」

「要公證人幹嘛？」瑪蓮詫異地說。

「不然阿姊萬一要賴怎辦？」張志文依然枕在自己的背包上，笑說：「總不能讓洛年檢查吧？那我只好犧牲一下了。」

瑪蓮會過意，輕踢了地上的張志文一腳說：「想得美！我才不會騙人。」

張志文笑嘻嘻地挨了這一下，一面說：「洛年，你要我們打的妖怪強不強啊？昨天那兩隻窮奇奶奶和畢方奶奶好強，那種可打不過。」

「怕什麼？」瑪蓮哼聲說：「沒打看看怎麼知道？」

「說實在話，我也有點擔心。」黃宗儒臉色有點凝重地接口說：「洛年上次連那巨型刑天都能單挑，現在凱布利又讓你速度更快……你打不過的妖怪到底多強？」

沈洛年見賴一心與葉瑋珊也走近一起傾聽，心想正好趁這時機，把梭狪的一些特性做說明，當下花了點工夫，對眾人解釋梭狪的能耐，以及自己上次的經驗。

沈洛年說完，見眾人都在思考，他又補充：「我本來也以爲，既然是道息大增之後才來的妖怪，應該很強，但沒想到似乎還不如當初那個巨型刑天，他的攻擊方式我剛提過了，因爲範圍很大，我欺不進去，所以傷不了他。」

「洛年你會分身術耶！」張志文說：「你都接近不了，我們怎麼可能？」

「我哪會分身術？」沈洛年一呆。

「你上次和刑天打架就變好多個。」張志文吐吐舌頭說。

沈洛年愣了愣才想通，搖頭說：「那只是快速移位的殘像，對方攻擊範圍夠大，還是會被逮住的，眞要比最高速度，我還是不如你和添良，你們倆該可以衝進去。」

「哦？那到時看我們的。」張志文倒有幾分得意了，和侯添良互相推了推手肘。

「既然是大範圍攻擊，力分則散，應該不難突破吧？」賴一心沉吟說。

「也許吧。」沈洛年搖頭說：「但我本身沒有炁息護身，沒法和對方硬碰……凱布利妖炁又還不夠強。」

「雖說不算強……」黃宗儒低頭望著凱布利皺眉說：「但這影妖的妖炁怎麼用不完啊？補充速度未免太快了，我們就算仙化之後，能夠自行恢復妖炁，速度也遠不如凱布利，連瑋珊引炁速度都沒這麼快。」

「呃……」沈洛年聳肩說：「不知道。」

黃宗儒的疑惑當然也是眾人的疑惑，但沈洛年既然說不知道，自然也無法可施。賴一心重拾話題說：「照洛年的說法，那個叫作梭狪的妖怪，具有高速且遠離軀體的妖炁飛行武器……不過那飛行武器和身體的妖炁怎麼連結的？」

這可真不知道了，沈洛年又搖了搖頭。

奇雅開口說：「瑋珊，洛年那本書上似乎看到過？」

葉瑋珊也正思索著，聞聲抬頭說：「我也想到此事，奇雅也覺得是那樣嗎？」

奇雅點頭時，沈洛年一頭霧水地問：「哪本書？」

「道咒總綱。」葉瑋珊笑瞪了沈洛年一眼說：「你可真灑脫，送人的東西也能忘了？」

沈洛年搖頭說：「我又沒看內容。」

「瑋珊，書裡怎麼說？」賴一心問。

「嗯……」葉瑋珊想了想說：「我們的道咒之術，主要是藉著和玄界的各種溝通而產生……書上提到有些妖怪不懂得怎麼開啓玄界之門，但是修行長久之後，身軀有些精炁集中的部分，會與玄界產生通道，有的可以儲存某些特定的物質，有的可以造成聯繫……也就是說，雖然現實中看似沒有聯繫，卻能藉著玄界相通。」

原來是這樣？難怪那堆飛梭可以隨梭狪心意控制到處飛行，牛精旗則是另一種形式……

「洛年，凱布利和你的關係也是這樣嗎？」賴一心突然說。

沈洛年一怔，點頭說：「這樣是說得通……但是不是眞的我也不清楚。」莫非眞是如此，所以不用接觸，凱布利就可以隨意取得自己的道息，接受到自己的指令？

「凱布利有實體嗎？會受傷嗎？」賴一心又問。

問這幹嘛？沈洛年雖然不明白，仍搖搖頭說：「不會受傷吧？牠若是散去妖炁，就只是個影子，該打不到。」

「那很好。」賴一心點了點頭，不再詢問凱布利的事情，沉吟說：「既然是非現實的聯繫，也就是說……沒辦法截斷梭狪對飛梭的控制，那麼一定要闖過他的防禦圈。闖過後，問題就不大了。」

「硬闖就靠無敵大啦。」瑪蓮哈哈笑說：「小睿給無敵大鼓勵鼓勵。」

吳配睿一怔，回頭看了黃宗儒一眼，似乎有點不自在地說：「那……你加油啊。」

「好。」黃宗儒對吳配睿笑了笑，吳配睿反而有點不好意思地低下頭。

「小睿害臊了，好可愛呢。」張志文樂了，嘻嘻笑說：「無敵大，小睿是我們大家的妹妹，你可不准欺負她。」

在吳配睿咬唇笑瞪張志文的時候，黃宗儒有點尷尬地說：「我不會欺負她的。」

沈洛年在旁看著這一幕，卻不禁有點感慨。他回頭看看葉瑋珊，見她毫無所覺地跟著大家笑鬧，終於忍不住輕嘆了一口氣。

不久後，庫克鎮出現在遠遠的前方，這時夜色已深，搬遷到西南高地的庫克鎮居民，大多已經入眠，那彷彿難民營一般的景象，看多倒也習慣了。沈洛年讓凱布利的速度減緩，一面回頭說：「休息一晚上，天亮再去吧？」

「你飛了一整天比較累，我們倒是還好。」葉瑋珊回頭笑說：「大家應該都睡飽了吧？」

「我無所謂，反正主要靠你們。」練了半個多月精智力的沈洛年，倒是沒這麼容易累了，他頓了頓說：「不過我想把小純交給鶩姊……卻不知道她們在哪兒休息，這時也不便到處吵人……」

「也對，不需要帶小純去。」葉瑋珊說：「就等天亮吧。」

狄純聞言，強提起精神說：「這麼多人一起，應該……很安全吧？我可以在旁邊看嗎？」

「別找麻煩。」沈洛年瞪了一眼說：「誰知道會不會有意外？還要多找人來照顧妳。」

狄純自然知道沈洛年說得有理，不敢頂嘴，只委屈地低下頭。

「小純別難過。」賴一心呵呵笑說：「再過幾天就可以和我們到處闖了，我們可以教妳功夫喔，妳喜歡什麼武器？」

「我不懂的。」狄純搖搖頭，回頭望著沈洛年求助說：「洛年？」

「一心幫她選吧。」沈洛年說：「我才眞的不懂。」

「千羽飛空，手臂大多時間都僵直著，攻擊不是妳的強項，裝備越輕越好……」賴一心想了想說：「輕便的雙匕首吧？」

「匕首？和洛年一樣嗎？」狄純眼睛一亮，看了沈洛年一眼。

「妳和洛年的用法完全不同。」賴一心伸直雙臂，示範說：「得練習從空中俯衝劃過對方要害的動作，要練到一沾即走、一擊必殺。」

「蚊子哥也一樣嗎？」狄純已被吳配睿同化，一樣這麼稱呼。

賴一心搖頭說：「他用軟劍。」

「對啊，銀鍊軟劍喔。」張志文笑著拔出一柄細長窄劍，只見他手一抖，那劍彷彿蛇一般地古怪扭動，但隨著張志文炁息一鼓，又恢復了直挺。

「志文吸收了很多妖質之後才引仙的，加上洛年之鏡，體內道息強度和妳差很多。」賴一心微笑說：「那種武器妳用不來……也沒有多的。」

「洛年之鏡？」狄純一愣。

「還好小純不是外人。」葉瑋珊瞪了賴一心一眼說：「你這人，怎麼老是隨口就把祕密掛在嘴上？」

賴一心尷尬地抓了抓頭說：「不小心的。」

狄純聽了不敢多問，只好奇地又多看了沈洛年一眼。

「算了吧。」沈洛年想想說：「教她怎麼逃命就好，要她殺妖怪不如教她自殺容易些。」

「對。」狄純尷尬地說：「我不大敢殺……還是不要好了。」

「逃跑的話，就要多練飛行技巧了。」賴一心笑說：「小純眞善良，這樣很好喔。」

「沒……沒有啦。」狄純紅著臉瞄了賴一心一眼，又看了沈洛年一眼，卻見沈洛年正面帶不善地瞥著自己，她連忙低下頭，莫名地有點慌張。

沈洛年倒也沒說什麼，他眼看難民營就在眼前，開口說：「我們先在外面休息到天亮好了……」他一面控制著凱布利繞著這大片營地飛行，想找個適當的落地位置。

就在這時候，營地那端突然傳來一串清越而銳利的哨聲。跟著哨聲到處響起，一支支火把被點起，兩萬多人的營地整個騷動起來，許多人紛紛往外奔，也有人往另個方向躲，過不多久，數百人拿著各種不同的武器，擠到了沈洛年等人浮空的方位。

「這是幹嘛？」眾人不禁一愣。

那些人中，手中拿著長短槍械的沒幾個，更多人拿著粗製簡陋的矛、棍，也有人把菜刀、水果刀等刀具綁在竹竿上，他們臉上都是惶恐，更有不少人正不斷顫抖著。

「要拿這種東西跟我們打架嗎？」瑪蓮好笑地說：「下去陪他們玩玩。」

「不會吧。」賴一心愕然說：「爲什麼把我們當敵人？」

「等等。」葉瑋珊上下看了看說：「這種天色，他們又點了火把，看不到我們的。」

眾人這才醒悟，八成是瞭望守夜的人看到一片古怪的大黑雲破空接近，這才嚇得發出警報，當然把這兩萬人通通嚇醒。

「既然如此，我們快過去吧。」賴一心笑說：「別讓大家太擔心了。」

「洛年收了凱布利吧。」葉瑋珊說：「我帶大家落下。」

「好。」沈洛年感應葉瑋珊的炁息泛出，當下散化掉凱布利的妖炁，將牠收回自己肩膀。

庫克鎮居民睡到一半，突然聽到警報，本已經嚇了一大跳，爬出營帳一看，果然見到一塊古怪的大型黑雲妖怪正對著這兒飄來，這下可是大難臨頭，不少人顧不得其他，轉頭就往另一個方向跑。

一些硬著頭皮，拿著簡陋武器出來保鄉衛土的人們，其實十個有八個都在顫抖。眼看黑雲越來越近，他們也越來越害怕，若有人先扔了武器往後逃，恐怕這臨時戰線馬上就會兵敗如山倒地整個崩潰掉。

沒想到那黑雲突然之間消失無蹤，一群少年男女彷彿仙人一般地在空中出現，跟著就這麼冉冉飄下，落在眾人眼前。眾人正發怔，突然有人認出沈洛年，馬上大叫：「不是妖怪！變體少年回來了！他帶著一群人飛……飛回來了！」

這話一喊，不只前面鬆了一口氣，後面逃命的也停下腳步，紛紛往回看。消息慢慢往外傳去，周圍很快擠滿了一大群人，不過很古怪地，眾人只遠遠地看著，沒有人敢貿然接近。

「變體少年？」葉瑋珊看著沈洛年。

「大概是說我吧。」沈洛年微微皺眉，往前踏出兩步，還沒開口，他前方的人拚命往後退，一下空了一大圈。

「這是怎麼回事？」瑪蓮詫異地走近說：「他們好像很害怕？」

沈洛年目光掃過，心知肚明地說：「他們很怕我。」

「你做了什麼？」瑪蓮睜大眼說。

「嗯……」沈洛年說：「揍了十幾個人。」

「這樣就怕你？」張志文也問。

「用妖炁揍的，慘叫很久，另外……還有威脅說要殺光他們。」沈洛年聳聳肩說。

「呃？」眾人不禁一呆，過了幾秒，葉瑋珊才說：「為什麼？他們怎麼了？」

狄純忍不住低聲說：「是我不好……我害洛年和他們起衝突。」

「神經病。」沈洛年說：「我本來就在和他們吵架了，妳不過剛好湊出來被推了一把，這又關妳屁事？」

狄純聽到「關妳屁事」的次數沒有吳配睿多，一下子不大適應，閉上嘴不敢說話。

「你……脾氣怎麼越來越壞了？再怎樣也不用打人啊？一般人怎麼打得過你？」葉瑋珊皺眉說。

「當然是因為他們先動手……有空再說吧。」沈洛年說：「鎮長和祭司來了。」

鎮長果然正和祭司從人堆中擠了出來，那鎮長滿臉堆笑說：「沈先生，您今天好嗎？回來得真快啊，大家都好？這些就是白宗的變體英雄？」

沈洛年懶得叫出輕疾翻譯，只對鎮長點了點頭，便對葉瑋珊說：「妳跟他們說吧，他們說的似乎是英文。」

「澳洲的英文很有自己的特色，不是很好懂……」葉瑋珊還是叫出了輕疾，轉頭帶著微笑和鎮長、祭司溝通。

自己湊過去反而會壞事吧？沈洛年退遠了些，找個無人處坐下，見葉瑋珊和鎮長兩人，臉上都帶著微笑，心中帶著提防，表面雖似相談甚歡，其實大概彼此還在廢話來去，繞半天還沒繞到重點，這種事情還是不適合自己。

沈洛年正胡思亂想，突然看到狄純有點膽怯地向著自己走，沈洛年不禁好笑，搖頭說：「又怎麼了？」

「我想在你旁邊。」狄純站在沈洛年身旁，小心翼翼地說：「可不可以？」

沈洛年抓了抓頭，忍不住說：「我對妳這麼凶，妳怎麼不會生氣啊？」

狄純倒沒想到會聽到這句話，過了片刻才噘起嘴低聲抱怨：「你也知道對人家凶喔？」

沈洛年倒也不知該怎麼回答，想了想才說：「純丫頭，我跟妳說一件事。」

「嗯？」狄純看著沈洛年。

「妳可別喜歡上一心喔。」沈洛年說。

狄純一驚，有些慌張地說：「我沒想過這種事啊，我……我心裡一直……」

「一直想當我老婆？」沈洛年接口說。

狄純臉整片漲紅，低下頭，又氣又羞又急地咬著唇不吭聲，眼眶又不爭氣地紅了起來。

沈洛年心中卻暗暗搖頭，這丫頭有顆百年前的落伍腦袋，又沒見過其他男人，所以老黏著自己，還老是一副任君採擷的模樣……但能看透人心的沈洛年心裡有數，狄純對自己固然有強烈的感激、依靠和崇拜等情緒，卻欠缺了那股讓人臉紅心跳的愛戀之情，自己對她來說，其實比較像父親或兄長的存在。

不過說也奇怪，被對方「心」所吸引到底是建立於什麼因素？爲什麼葉瑋珊、奇雅、艾露、懷眞這些人自己會心動，狄純卻不會？她除了愛哭、膽小外加黏人之外，也沒什麼缺點不是嗎？

大概這丫頭太像聖人，和自己天生不合，這也是沒辦法的事情。

想了想，沈洛年揉了揉狄純的頭說：「傻瓜，妳只是一直想報答我，不知道怎麼報答而已……妳根本還沒戀愛過，等妳找到喜歡的人，就會感謝我了。」

狄純眼淚流了出來，癟著嘴嗚咽地說：「你……你只是不喜歡我……所以隨便找理由應付我……我……我又不會纏著你，我只是……」

「等一下。」沈洛年屈指對狄純腦門敲了一下說：「讓我說。」

狄純額頭一痛，吃了一驚摀著頭，倒忘了流眼淚了。

沈洛年瞪了她一眼，這才說：「剛剛一心稱讚妳很善良、很好的時候，妳是不是突然心跳加快，臉蛋發紅，感覺身體熱熱的，很害臊地想看他又不大敢看？還覺得有點心虛，所以才偷看我一眼？」

狄純吃了一驚說：「你……你怎……」

「一個愛亂笑的帥哥眞多麻煩。」沈洛年罵了一聲，才對狄純說：「那就是喜歡上一個人的感覺，偶爾一、兩次還沒什麼，老對同一個人這樣，就是戀愛了，但是隨便妳喜歡誰都可以，拜託別選一心，媽的！那兒已經夠複雜了，別去湊熱鬧！」

狄純呆了呆才說：「那就是喜歡上人的感覺嗎？我……我不懂……你……怎麼知道的？」

看到那剎那冒出來的氣味，難道我還不清楚？沈洛年翻了翻白眼說：「我會算命啊。」

「又騙人。」狄純又好氣又好笑地說。

沈洛年很難得說這麼多話，今日爲了狄純已是大大破例，他懶得再解釋，只說：「反正記住就是了，去找個一心以外的好男人喜歡，別老想著要報答我。」

「可是我……」狄純看著沈洛年，爲難地說：「我該報答你的，不是嗎？我不該喜歡別人的……」

「神經病！」沈洛年瞪眼說：「去海邊洗洗妳的古董腦袋，現在不流行用身體報恩啦。」

「那……那要怎辦？」狄純苦著臉說：「我什麼都不會，還讓你照顧了這麼久……」

「簡單。」沈洛年說：「哪天我想要妳幫忙的時候，妳就幫我，這樣不就好了？」

狄純一愣說：「幫什麼？」

「還沒想到，我會想到的。」沈洛年突然瞪眼說：「幫不幫啦？」

狄純嚇了一跳，愣了片刻才結巴地說：「如果我可以的話……當……當然幫啊……」

「那就好。」沈洛年揮手說：「妳不欠我什麼了。」

「這樣嗎？」狄純望著沈洛年，總覺得好像那兒不對。

「沒錯！」沈洛年一轉頭，剛好看到馮鴦等人正驚喜地擠入人堆，和白宗眾人敘話，沈洛年拍拍狄純肩膀說：「過去吧，保母來了。」

狄純卻不肯動，拉著沈洛年衣角說：「我眞不能去嗎？」

「當然，萬一那妖怪有什麼新招呢？」沈洛年說：「誰有空顧妳？」

狄純嘟起嘴說：「那你們都要安全回來喔。」

「我才不作這種無聊保證。」沈洛年翻白眼說。

狄純忍不住頓足說：「你實在是……」

「過去了啦。」沈洛年說：「我累一天了，讓我休息一下。」

狄純看沈洛年已經閉上眼睛，無可奈何之下，只好轉身向著馮鴦等人走去，一面走，她忍不住又偷瞄了站在葉瑋珊身旁的賴一心一眼。

賴一心留意到狄純的注視，對她和善地笑了笑，狄純心一驚，連忙轉頭避開賴一心的目光，這一剎那間，她那皎白的雙頰，又泛起了一片淡淡的薄紅。

閉著眼睛休息的沈洛年倒沒看到這一幕，他心中正在暗罵，這兩天不知是什麼日子，先是仙狐與狼妖的感情諮商，再來是黃宗儒與吳配睿那不知美不美麗的錯誤，今天又輪狄純突然懂得什麼叫戀愛……爲什麼自己突然變成需要處理這種事情的人了？

總之和白宗那些傢伙混在一起，就會有一堆古怪問題，還是懷眞聰明，老早就叫自己避開這些傢伙，這次把梭狪宰了後，還是想辦法開溜比較妥當。

沈洛年休息了一段時間，突然感覺到葉瑋珊和賴一心並肩走近，他睜開眼，見葉瑋珊有點疑惑又有點生氣地看著自己，賴一心雖然沒有生氣，卻似乎帶著迷惘。沈洛年望望兩人，揚眉說：「幹嘛？」

葉瑋珊皺眉說：「剛有兩個小孩哭著求我們……放了他們的媽媽。」

沈洛年愣了片刻，搖搖頭說：「聽不懂。」

「我問了半天才弄清楚，就是推倒小純那女人……」葉瑋珊說：「你不是已經重重打了她嗎？爲什麼還要關著她？」

「還關著啊？」沈洛年一呆。

「你……怎會變這樣？」葉瑋珊難過地說：「你雖然脾氣不好，但我一直覺得你是個好人……」

「喂！」沈洛年沒好氣地說：「我沒要他們關啊。」

「我就知道。」賴一心馬上鬆了一口氣說：「我就說洛年不會做這種事。」

「那……那是怎麼回事？」葉瑋珊一怔說：「鎮長說你不同意不敢放人。」

「那是鎮長自作聰明。」沈洛年哼聲說：「他怕我揍他，就叫人把那惹事的女人關起來，這關我屁事？」

「所以……你願意放了那女人？」葉瑋珊問。

「妳怎麼還聽不懂？」沈洛年瞪眼說：「我根本沒想要關她啊，打她那一下已經夠了，我還覺得重了一點呢，不過那女人討厭得很，他們要關她，我也不會反對啦。」

「怎麼可以這樣。」葉瑋珊頓足說：「而且打女人本來就不好。」

「就是有堆人老這樣想。」沈洛年瞪眼說：「所以那肥婆才敢跑來我面前亂噴口水說瘋話，還對小純動手動腳，給她一巴掌只是剛好！」

賴一心呵呵一笑說：「瑋珊別說了，既然洛年沒意見，我去交代他們放人吧。」

「去啊。」沈洛年聳肩說。

見賴一心飄身離開，葉瑋珊白了沈洛年一眼，坐在沈洛年身旁說：「我剛還以爲是眞的，差點氣壞了。」

沈洛年望著海面說：「那也無所謂，以後不要理我就好了。」

「喂！」葉瑋珊忍不住用力推了沈洛年一把。

沈洛年身子一歪差點摔倒，忍不住瞪眼：「怎樣啦？」

「就算你不在乎……」葉瑋珊瞪著沈洛年說：「我……我們可是很在乎你的。」

沈洛年愣了愣，避開了葉瑋珊的目光，哼了一聲說：「我哪這麼無聊？眞讓我這麼生氣，關起來還不如直接宰掉。」

「怎麼可以隨便殺人。」葉瑋珊罵完之後，口氣一緩說：「不過我倒不喜歡他們派小孩來懇求的做法。」

「怎麼？」沈洛年問。

「該放就該放，該關就該關，應該來據理力爭，和小孩子有什麼關係？」葉瑋珊望著那面說：「不過對一心挺有用就是了，他心很軟，有時候不大講道理。」

「據理力爭？妳說得簡單。」沈洛年好笑地說：「一般人面對變體者，完全沒有抵抗的能力，你們隨便誰一火都可以把這兩萬人殺光，誰敢據理力爭啊？」

葉瑋珊遲疑著說：「可是台灣和噩盡島的人倒不會怕成這樣……」

「噩盡島東方道息不足，槍砲還勉強可以抵抗一般變體者。」沈洛年聳肩說：「台灣只是因爲沒人發飆過吧，妳殺個五百人試試，看其他十萬人會不會通通都變乖小孩，就像這鎮長一樣，看到妳就叫英雄。」

「你這人……」葉瑋珊望了沈洛年一眼，有點擔心說：「開口閉口就是殺人，你……沒眞的殺過人吧？」

葉瑋珊這話倒不是亂問的，她確實從沒見過沈洛年殺人，反而常常看他救人，就連當初和共生聯盟亂鬥，可能不愼殺傷人命那次，沈洛年也沒動手。

沈洛年想想說：「有啊，至少幾百人吧？」

「喂！」葉瑋珊嚇得跳了起來，望著沈洛年說：「別騙我！」

「眞的啊。」沈洛年認眞地說。

葉瑋珊看沈洛年不像騙人，臉色慘白地說：「哪……哪兒殺的？」

「鑿齒啊。」沈洛年說：「前後殺了好幾次，該有幾百人了。」

葉瑋珊鬆了一口氣，拍著胸口重新坐下，埋怨地說：「你……你差點把我嚇壞了，鑿齒怎麼算人？」

「鑿齒和人一樣有靈性，在我眼中都一樣的。」葉瑋珊坐得太近，惹得沈洛年渾身不對勁，乾脆站起說：「只是剛好沒人惹我而已，惹了還不是照殺？」

「鑿齒凶狠嗜殺、不講道理，怎會一樣？」葉瑋珊望著人群說：「這群人需要幫助，你千里迢迢地去找我們來幫忙，就因爲大家都是人類啊，難道你也會爲了鑿齒這麼做？」

「我不是爲了這群人類，我只是爲了酖族那幾個認識的朋友。」沈洛年橫了葉瑋珊一眼說：「就像懷眞幫忙台灣的人們，也只是爲了幫你們幾個。」

葉瑋珊愣了愣，還沒能說出話來，沈洛年又說：「話說回來，我還眞的順手救過幾個受傷的鑿齒……啊，牛頭人更多，媽的！想到就累！再也不幹醫生了！」

葉瑋珊聽得一頭霧水，沈洛年什麼時候幹過醫生了？他怎能當醫生？

這時已經敘話一段時間的白宗眾人、狄純還有馮鳶等五名舊識都走了過來，瑪蓮領頭說：「洛年！小純說你在休息，害我們都不敢過來，結果你趕走小純卻陪宗長聊天！不公平！」

「才不是聊天。」葉瑋珊也站了起來，她白了沈洛年一眼說：「我剛是來找他算帳的。」

「算什麼帳？」瑪蓮笑說：「始亂終棄之類的嗎？」

葉瑋珊臉一紅，望了沈洛年一眼說：「洛年有懷眞姊，才看不上我呢。」

這算什麼話？沈洛年忍不住帶三分火氣地瞪了葉瑋珊一眼，這才轉頭望向馮鳶說：「馮鳶大姊，小純又要拜託妳了。」

「沒問題。」馮鳶露出笑容，攬著身旁瘦弱的小純說：「請放心，我也很喜歡小純呢。」

沈洛年想想又問：「我離開的這兩天，沒人找妳們麻煩吧？」

馮鳶連忙搖頭，跟著苦笑說：「倒是不少人來示好……讓我們頗有點不習慣。」

這就是人類吧，有骨氣、有堅持的人不能說沒有，有門路就鑽的人卻總佔大多數，不過這本是一種生存手段，也無傷大雅，別找自己麻煩就好……當初只是個普通學生時，不也一樣得和那無聊的學生生活妥協嗎？沈洛年沒再多問，轉頭對葉瑋珊說：「打算什麼時候去打獵？」

「洛年。」葉瑋珊說：「如果你不是很累的話……」

「現在嗎？」沈洛年點頭說：「可以啊，我休息得差不多了。」

賴一心正好也走了過來，聞聲說：「那太好了，我有個戰術，黑夜可能比較容易執行。」

「那……把行李托給馮鳶姊就走吧。」沈洛年站起說。

狄純見狀，忍不住說：「大家……拜託大家都要小心，千萬別受傷了。」

「囉哩囉唆的。」沈洛年摸摸狄純的頭，對馮鳶說：「這丫頭就是我的行李，拜託了。」

狄純嘟起小嘴的時候，瑪蓮也跟著過去摸了摸她的頭，一面解下身後的包裹笑說：「小純放心啦，我行李也交給妳。」

「嘻。」過去一直被當成妹妹的吳配睿，也拿著包裹過去，一面湊熱鬧地伸手說：「我也要摸摸小純。」

「摸這個小腦袋會有好運嗎？」張志文跟著伸手揉了兩揉：「請保佑有情人終成眷屬。」

「那我希望世界和平。」侯添良一面伸手一面說。

在狄純紅著臉羞澀的淺笑中，葉瑋珊也在她身旁放下行囊，一面好笑地說：「欸，你們別欺負小純了，小純去休息吧。」

「我……我想等大家回來。」狄純說。

「去睡覺啦。」沈洛年喚出凱布利說：「我帶你們去。」

「別用凱布利。」賴一心搖頭說：「會暴露行蹤，我們收斂炁息結陣過去。」

「喔？」沈洛年收回凱布利說：「打算怎麼做？」

賴一心四面望望，笑說：「都準備好了？一面走一面說吧。」

眾人都點了點頭，當下隊伍圍成一團，照過去的方式，向南方或飄或躍地騰掠奔去。

不只狄純與馮鷟等人望著這群年輕人離去的身影，已經被驚擾而起的庫克鎮民，也知道眾人這一去的成敗，和這整個鎮兩萬多人的性命有關。不管他們喜歡還是討厭變體者，這時所有人都暗暗祈禱，希望這些看來十分年輕的少年男女能順利打敗妖怪，帶著眾人往南遷移。

ISLAND

奶奶級的

大約兩個小時之後，眾人到了沈洛年上次遇到梭狪的地方，瑪蓮等人已經早一步仙化，並積蓄足夠的妖炁，此時眾人都把炁息收斂著，在草原間找到一塊頗大的山石，趴在上方一塊暗影處躲藏著。

「開始了？」沈洛年問。

「開始吧。」賴一心說：「能多遠啊？」

「不知道。」沈洛年搖搖頭說：「我過去都沒試過。」

「往上風處送，免得我們味道被聞到。」賴一心囑咐說。

「好。」沈洛年心念一動，當下凱布利悄悄往外鑽，飛出數十公尺之後，突然脹大成一團蘊含著妖炁的漆黑甲蟲，在這草原上，貼著草稍緩緩往東南方飄行。

根據沈洛年的經驗，梭狪不容易預先發現，於是賴一心建議用不會受傷的凱布利當釣餌，引誘梭狪現身，再想辦法偷襲。

而特別選晚上獵捕梭狪，有兩個原因，一個當然是眾人躲藏容易，另一個原因是沈洛年提過，梭狪的飛梭自帶光華，若晚上戰鬥，也許更容易掌握對方的攻擊方位。

那團冒著妖炁黑黝黝的凱布利在草原上亂飄了片刻，似乎沒有什麼動靜，沈洛年只好讓牠飄行的範圍更遠一些，還好這兒大部分是一片平野，凱布利的體積又大，依然可以看著操縱。

「可以更遠嗎？」賴一心在沈洛年旁低聲問。

「太遠我就看不到了。」沈洛年雖然目力比一般人類好，但此時畢竟是個沒有月光的夜晚，稍遠的地方就只見黑沉沉一片，很難看得清楚。

「可能白天來會更好？」賴一心皺眉。

「沒關係，要是晚上找不到就白天再試。」葉瑋珊接口說。

「洛年。」吳配睿湊近問：「凱布利和你心靈相通嗎？」

「這麼說怪怪的。」沈洛年說：「牠似乎沒有所謂的心靈，但會接受我的指示而移動。」

「牠要是有眼睛就好了喔？」吳配睿笑說：「就可以遠遠地幫你偷看。」

「要是眞有眼睛，小睿妳以後洗澡不怕被洛年偷窺嗎？」張志文說。

吳配睿還來不及嗔罵，葉瑋珊已經搖頭說：「有眼睛就等於有了形體，還算影妖嗎？不大可能吧？」

這也有道理，沈洛年正想說話，突然感覺到凱布利的妖炁似乎傳回了一陣波動感，這還是沈洛年第一次從那方得到感應，他微微一驚，轉頭望去，卻見那兒流光乍起，一大片隱約的發光飛梭正衝向凱布利。

「來了，注意。」沈洛年低聲說，一面稍微縮小凱布利，一面操控牠往回飛。

計畫十分地順利，凱布利現在幾乎等於純粹影子的存在，正快速輕捷地閃避著那來自四面八方穿梭往復的飛梭攻擊，逗引著梭狪往這兒追。

此時凱布利不用成形，上面也沒有沈洛年，動作比之前輕靈迅快了不知多少，更重要的是——偶爾一個不慎閃避不及，也不過被飛梭就這麼穿了過去，無傷大雅，不像沈洛年連碰都不敢被碰。

依據上次的經驗，梭狪的飛梭只能離體百餘公尺，所以凱布利雖不斷逃竄，卻並不飛遠，只離著梭狪一段距離，將他不斷往西北帶。眼看距離越來越近，眾人心裡也越來越緊張，小心謹慎地壓抑著體內的炁息，不敢讓梭狪感應到。

這時，凱布利帶著一大片數百顆小飛梭穿過了眾人眼前，繼續往西北走。過不了幾秒鐘，那兩公尺長的梭狪，拱著那豬鼻子，轟隆隆地奔了過來，就要經過大石之時，眾人體內炁息同時爆起，仙化的瑪蓮、吳配睿兩人，連續兩個爆閃，往外直衝，兩把造型不同的刀上帶著紅色焰光，一左一右迎向梭狪。

兩人的刀子還沒砍上，仙化後，腿部膨脹拉長的侯添良，那橙黃色的妖炁，古怪地凝聚在下半身。他點地間一閃，已經先一步翻身掠到梭狪身後，那自動匯聚妖炁於尖端的窄細劍，一扭身間，正準備刺向梭狪的尾脊。

所謂的「揚馳仙化」，正是針對下半身的體型與妖炁凝聚型態產生變化，那使得侯添良挪步移動速度大幅提升，單論移動與閃避的速度，在白宗中他已是第一把交椅。

至於彷彿大鳥般往下飛騰的張志文，則正對著梭狪的大鼻子撲去，他今日的工作，是負責吸引對方的注意力，再適時地閃避。

一般人無法長久飛行，主要是因爲不能持續以炁息托體，人類以心念控炁這動作，就彷彿運用肌肉一般，伸縮之間，有個類似呼吸換氣的中斷回炁動作，持續運用炁息越久，那中斷時間也會相對越長，一般戰鬥還不容易有感覺，但需要持續御炁的飛行就很明顯，所以偶爾加速飛騰一段時間不難，想長久飛行就十分不易，更不可能隨便高飛。

但千羽引仙一方面使人體態輕化，二來可藉著那雙大翅膀暫歇、滯空飛轉，才能突破這種限制，也是現階段除沈洛年那種異類之外，人類唯一一種長時間飛騰空中的法門。

梭狪眼看周圍突然爆出各種炁息迫向自己，這才發覺大事不妙，當下遠在百公尺外的那大片飛梭立即轉頭往回直飛。而同一時間，葉瑋珊、奇雅、黃宗儒與賴一心四人已經掠到飛梭與梭狪之間，賴一心要阻止梭狪繼續前進，而葉瑋珊等三人則準備擋下回返的飛梭攻勢。

這一瞬間，除沈洛年以外，每個人都在動，不過沈洛年也沒閒著，兩方爭端一起，他自然也以最快速度收回凱布利，否則萬一戰況波及到他，那只能靠體力逃命了……還好看來不用太擔心。這八人同時出手，已經中計的梭狪妖炁又一大半集中在遠處的飛梭上，應該不難對付才是。

果然下一瞬間，瑪蓮與吳配睿兩把刀，加上侯添良的一把劍，先後砍上梭狪。

侯添良的細劍穿入約莫二十公分深，他旋即抽劍，一面迅速凝聚妖炁繼續攻擊，一轉眼已經連戳了七、八劍。

瑪蓮與吳配睿卻是炸開了兩個大洞，緊跟著，因「獵行引仙」而動作快上一絲的吳配睿，倏進倏退，手中長柄大刀迅速連揮，進退間在梭狪左側又爆開一個大口，這才退出老遠，準備下一次的攻擊。

煉鱗引仙而渾身鱗片、不懼受傷的瑪蓮這時則在右側，她爆發力雖不如吳配睿，力氣卻有過之，在轟開一個大洞後，她不往後撤，穩著身子將彎刀往後直拖，直接把對方的傷口剮開一條又深又寬的大血槽。

這時飛空直撲的張志文也已經到了梭狪眼前，他右翼末端的手掌，握著那如蛇一般、正扭動飛閃的彎劍，炫惑著梭狪的雙目，一面接近，一面仔細注意著對方的反應。

畢竟他是唯一一個迎向梭狪正面的人，對方那雙長齒若攻來，就得馬上御炁騰空閃避；若對方發呆，當然順手多刺一劍，而眼看瑪蓮等三人順利地給梭狪造成巨大傷害，這妖怪理當老命不保，張志文正微微鬆了一口氣的時候，梭狪巨口一張，一道光華突然爆出，正對著他面孔高速衝去。

張志文一呆，展翅間橙色炁勁爆起，倏然往空中翻身飛逃，只見一個彷彿拳頭般大小的飛梭，在半空中快速地一轉，正對著自己高速追來。

果然還有暗藏的武器……這可有點糟糕，張志文感覺到對方妖炁似乎都隨著這顆飛梭衝出，自己可沒有能耐應付，馬上迅速地在空中御炁閃身，畢竟他也是純輕訣，加上本就體輕，當下在空中連續十幾個翻騰，讓那飛梭不斷撲空。

這時百餘公尺外的飛梭已衝了回來，對付這種東西，炎靈、凍靈都不合適，葉瑋珊將累積在玄界的一股赤焰般炁息倏然放出，一聲巨響猛然在半空中爆散，強大的威力對那片飛梭直轟，炸散了一大部分的衝力，跟著飛梭衝入一片彷彿膠水一般的碧綠色炁牆之中，正是奇雅布下的炁牆。

雖然奇雅仍阻不住那片飛梭，但突破奇雅炁牆後，緊跟著還有黃宗儒布下的紫色炁牆，眼看即將攔下這大片飛梭時，飛梭突然一轉高飛，越過了黃宗儒的炁牆，對正在空中飛騰的張志文衝去。

眾人都吃了一驚，每個人都要呼叫，但這時候哪有時間說話？只一瞬間，那大片飛梭已經直射張志文。

這一大片殺來怎麼躲？雖然張志文不像沈洛年身上毫無炁息，但也沒法一個人和這些飛梭對抗，當下顧不得逗引對方，二話不說往外直衝，如同沈洛年那天的應付方式——拚逃命速度。

同一瞬間，下方渾身重傷的梭狪一聲怪叫，扭頭對著距離最近的瑪蓮直撞；瑪蓮大喝一聲，舉刀一劈，硬生生把這妖炁已經消去大半的梭狪臉頰砍下半塊。

梭狪雖然又受重傷，渾身到處是血，但衝勢未停，那帶著獠牙的龐大身子，仍向著瑪蓮衝去。就在這一瞬間，賴一心那纏繞著碧綠龍焰的黑矛，倏然一閃，穿入了梭狪的腦門，一面將他震偏了半公尺，錯過了瑪蓮。

梭狪身子一僵，那沉重的身子轟然倒地，而腦部雖然是要害，卻並非妖炁中樞，空中的飛梭群還漫無目標地往北亂射了百多公尺，才嘩啦啦地摔下草地，散成一片。

總算殺了這傢伙……眾人都吁了一口長氣，尤其瑪蓮剛剛若被那巨大獠牙勾中，恐怕不只是開個傷口而已。

當下眾人對著梭狪圍了過去，一直躲在一旁的沈洛年也從石山上飄下，只聽賴一心嘖嘖說：「這傢伙一大半功夫都在飛梭上，還好靠著凱布利把那些飛梭引開，要是正面對打，可不好打。」

葉瑋珊目光掃過眾人，抬頭往外看，一面微微提高聲音喊：「志文？」

「這邊！快來！」張志文落在遠處，正大喊：「這些都會發光耶！可以拿來當燈用嗎？」

眾人一愣，紛紛掠了過去，繞過石山和一座小草丘後，只見指頭大的小飛梭散開了數十公尺寬，還在隱隱發光，彷彿灑下點點星光，而張志文手中那個拳頭大小的飛梭，正放出不下於月光的白色寒芒。

「上面還有一點妖炁未散。」葉瑋珊撿起一個小飛梭說：「等妖炁散光之後，大概就沒有光芒了。」

「這顆最好！」張志文抱著最大那顆笑說：「我最辛苦，差點就被這些飛梭宰了，所以是我的。」

「阿姊剛剛才危險呢。」侯添良笑說：「不過你逃遠了，沒看到。」

「眞的嗎？好險阿姊沒事。」張志文吐吐舌頭，捧著飛梭走近說：「好吧阿姊，這個就代表我的一顆……」

「靠！」瑪蓮二話不說，橫著刀刃往張志文臉上拍，逼得張志文往後逃，一面苦著臉叫：「幹嘛又要打我？」

「你別給我說太噁心的話。」瑪蓮摸著右臂的鱗狀皮膚，一臉難過地說：「阿姊快起雞皮疙瘩了。」

「鱗片怎麼會起雞皮疙瘩？」張志文走近笑說。

沈洛年本和眾人一樣，也正看著這兩人笑鬧，卻毫無來由地心中微微一緊，彷彿什麼東西在心中抽動了一下，他疑惑地四面張望，突然感覺到一群古怪而隱蔽的妖炁正越過石山與土丘，快速向這兒接近，沈洛年只來得及叫一聲：「小心！」

他這一聲喊，南方數十公尺外的土丘後，倏忽間冒起二十餘道手臂粗細的流光，光影與妖炁同時大漲的瞬間，那大片流光正對著眾人高速飛來。

沈洛年喊出口的同時，眾人都感覺到了那股爆起的妖炁，每個人往後急閃的同一瞬間，拿著雙棍的黃宗儒騰身往前，雙棍交錯，棍外泛出一片紫色炁牆，對著那片流光頂去。

流光與黃宗儒在下一刹那相會，黃宗儒的紫色炁牆只展開了兩公尺寬，兩方一撞，轟地一聲，沒能準備周全的黃宗儒往後急滾，被賴一心一把托住。同時那二十餘道流光在這一撞之後，突然向四面八方散開，對著眾人衝來。

「散開！」賴一心大吼一聲，將炁息還沒能穩定的黃宗儒往後一扔，往前迎了上去。在夜空中看不清黑矛的形跡，只見一條足有手臂粗的碧焰青龍，彷如活物般地在空中翻騰，拍打戳黏之間，滑開了正面而來的七、八道流光。

此時侯添良、張志文、瑪蓮、吳配睿已經同時往外竄出。侯、張兩人如同兩道黃色閃電般，眨眼就竄出老遠，但瑪蓮、吳配睿以爆閃心訣飛射，更比侯、張兩人還快一步脫離流光攻擊範圍。

至於奇雅與葉瑋珊剛以炁勁接住黃宗儒，葉瑋珊隨即以爆閃心法轟地一聲帶著三人往外暴衝，閃出十餘公尺，脫出流光包圍圈，跟著奇雅胸口泛出一片黃光，趁勢帶三人高速往後飛射，正是那黃絨墜項鍊的輕訣化功能。

此時黃宗儒已經穩定下來，再度布起大片紫色炁牆，葉瑋珊目光四面一掃，突然驚呼說：「洛年呢？」

「我在這。」沈洛年卻突然鬼魅般地冒了出來，倒把奇雅、葉瑋珊、黃宗儒嚇了一大跳。不過這時候沒空追問，只能瞄了沈洛年一眼，又回頭看著那群古怪的流光。

卻是上次和梭狪戰鬥之後，沈洛年除了找白宗人幫忙之外，在來回飛行的過程中，也花了一段時間思索自己應該怎麼應付梭狪這種妖怪。

梭狪的飛梭數量多又快速，不但大範圍到處穿梭，又彷彿能感應般地不會彼此撞上，和這堆飛梭在空中玩捉迷藏鐵定吃虧，如果非躲不可，還不如平貼著地面飄閃，一來這樣風阻更小、速度更快，二來貼著地面，飛梭攻擊前總得減速，否則若打空豈不一頭撞上土石？就算梭狪妖炁強悍量大，不怕這種撞擊消耗，撞下去至少會變慢，而若飛梭也學自己貼著地面飛，也少了天羅地網般包裹來襲的優勢。

不過想歸想，這還是沈洛年第一次試著貼地平飛，土地難免高低起伏，老實說在高速轉折下，頗有點驚險，還好這兒是草原，沈洛年貼草而飛的過程中雖偶爾撞上草葉末梢，在妖炁護身下，影響也不算太大。

葉瑋珊找他的時候，他剛好貼著草稍鑽入黃宗儒的炁牆之中，並托直自己身軀，在黑夜中，就彷彿從土裡突然冒出來一般，當然把三人嚇了一跳。

「那是什麼？」葉瑋珊急問：「梭狪沒死嗎？」

「死透了啊，這看起來和那大片飛梭也不大一樣……」沈洛年看著那些看不出形體的流光，卻也有點莫名其妙。

這時那些流光異物正散開亂衝，不過似乎並沒有特別對準著誰，只是在空中胡亂飛轉。這樣自然打不到侯添良和張志文，以柔勁防禦的賴一心也應付裕如，比較吃力的則是瑪蓮和吳配睿兩人，不過兩人一面閃避一面揮刀，匯聚了全力砍下的刀刃，勉強可以硬碰硬地劈開其中一、兩道閃不開的流光，一時倒也沒什麼風險，當然，偶爾也有幾道流光衝來黃宗儒這面，不過既然不是同時襲來，黃宗儒倒也頂得住。

「這是新的妖怪嗎？會飛的光束妖怪？」瑪蓮轟地一下又砍開一道流光，哇哇叫。

「不只這兒有。」沈洛年說：「在梭狪屍體那附近還有一些類似的妖炁。」

「靠！來搶肉的？」瑪蓮大怒，往那兒奔，一面說：「過去看看！」

「瑪蓮？」賴一心叫了一聲，卻見瑪蓮、張志文等四人已經先奔了過去，只好跟著追去。葉瑋珊和奇雅對望一眼，當下托著黃宗儒和沈洛年，一樣往那兒飄。

一路上，那些流光仍然不斷追著眾人攻擊，但雖然一直追著，攻勢卻又頗爲散亂，彷彿蒙眼亂打一般，眾人一面應付一面飛掠，只不過幾個點地，眾人衝過土丘、繞過石山，卻不禁同時停下了腳步。

石山之後，梭狪屍體旁，正站著一個足有四公尺長、近兩公尺高的巨大梭狪，眼神中透出悲痛，正用鼻子拱著那倒地死亡的小梭狪，似乎不相信小梭狪已經死亡。

這梭狪周圍飄著十多個凝定在空中、比橄欖球略小的大型飛梭，那些飛梭泛出的妖炁，正是沈洛年感應到與流光相似的炁息。

「這……這……靠！超級大肥豬，這他爹嗎？」瑪蓮張大嘴說：「洛年？」

「只有一隻……可能是他媽吧？」到了近處，沈洛年這才發現，這大梭狪收斂起的妖炁，強大得讓人生畏，看來這次道息增加之後才能來的妖怪，其實是這隻大梭狪，剛殺的那隻不過是她的孩子，只不過她孩子沒像山芷、羽霽這麼調皮，先偷溜到人間亂逛，所以才一起抵達。

「這麼大隻……」侯添良愣愣地說：「這隻打不過吧？」

「快逃。」張志文吐舌頭說：「這妖炁……可是奶奶級的。」

「先走再說。」賴一心做了決定，眾人同時轉頭，隨便選了一個方位就跑。

眾人剛要開溜，身後一聲狂猛的悲嘯聲傳出，一股龐大妖炁陡然升起，那總是亂打的流光突然活了過來，匯聚成一束光泉，對著眾人身後衝來。

等追上才聚炁就來不及了，黃宗儒大喝一聲：「逃不了！」當下轉過身，雙棍交錯，布下結實的炁牆，準備吃上這一擊。

眾人紛紛轉頭，卻見那充滿怒意的大梭狪已衝了過來，那數十道飛梭放出耀目光華，挾帶著龐大妖炁匯成一束，向著黃宗儒的炁牆直衝。

「頂得住嗎？」瑪蓮詫異地喊。

這話還沒說完，那些巨大飛梭已經接近，黃宗儒全身冒出紫色光焰，雙棍交錯往外一砸，兩大片彷彿門扇般的紫色炁牆交錯合一，對著那大片流光轟去。兩方一撞，飛梭轉向騰空的同時，黃宗儒貼著地面往後滑退了一公尺餘，賴一心伸手透出碧綠炁息一托，化散了黃宗儒的退勢，一面說：「這樣太危險，不與地力凝結借力嗎？」

「與地力凝結化不盡力量，炁牆會被擊散。」四種仙化中，煉鱗本是回炁最快的一種，黃宗儒深吸一口氣瞬間回炁，本來變得有些黯淡的兩大片炁牆再度泛出紫色幽光，一左一右擋在眾人之前。

飛梭一閃之下，轉向往空中飛騰，此時那大梭狪已經轟隆隆地奔近，兩根巨大獠牙正對著黃宗儒直衝。

全身細小鱗片密布的黃宗儒，吞了一口口水，紫色炁牆凝縮五成，兩棍交錯、以肩斜扛，全身炁息凝成一體，硬生生頂住這大梭狪。兩方一接觸，只聽轟地一聲，黃宗儒再度往後飛退，奇雅、賴一心當下同時出手，以柔勁抵著黃宗儒，協助他化散那股強大的向後衝力。

同一時間，那折向的飛梭群，又往眾人後方衝來，黃宗儒暗暗叫苦，炁息往外急鼓，再度散成碗狀範圍，籠罩著眾人。

張志文和侯添良兩人對視一眼，相對點頭，同時往外閃，侯添良先喊：「無敵大縮小點。」

張志文跟著說：「我們去擾敵。」話聲未落，兩人一高一低地往外鑽，繞往梭狪後方。

梭狪一頂撞不壞黃宗儒，似乎頗有點意外，不過她這時候正值狂怒，不管三七二十一，再度撞了過來。但這時空中古怪的一陣扭曲，一個彷彿火焰般熾熱艷紅、冒著強大熱氣的車輪大炁彈，對著梭猏腦門轟了過去。

這一下梭猏頭上護體妖炁被炸散了一片，一股熱氣熏得她皮毛焦捲，在怪叫聲中往後退了半步，似乎十分驚訝。

與此同時，兩道帶著寒氣的粗大碧綠炁柱破空飛射，分別撞上梭猏的雙足。這下梭猏那雙豬蹄泛起白霜，奇寒徹骨，她踱踱地又退三步，剛聚起妖炁迫散這股寒氣，侯添良和張志文已經衝到，兩人分從身後揮劍，搞得梭猏大怒，渾身妖炁倏然往外迫散，翻身亂咬，逼得兩人不敢接近。

剛剛那是什麼？以前沒看過這招，沈洛年吃了一驚，詫異地看著葉瑋珊與奇雅，葉瑋珊瞄見沈洛年的目光，快速而低聲地解釋：「我們把部分炁勁和玄靈之氣在玄界先混合了。」

沈洛年恍然而悟，只透出熱氣或寒氣，畢竟不易活用，當把炁息也存入玄界之後，運用的時候就可以配合。而葉瑋珊的爆訣效果本就是富有爆炸力的炁彈，如今則變成了會爆炸的高溫炁彈；而奇雅的柔訣能凝炁如鞭柱，配上了凍靈的效果，就變成寒氣內蘊的粗大冰柱……對了，麟犼的火球也是這種用法。

就這麼一句話過去，那些流光飛梭此來彼去、連續狂轟了不知多少下，黃宗儒則鼓起全身炁勁吃力抵擋，看他緊皺成一團的五官、逐漸黯淡的紫色炁牆，就可以看出艱辛的程度。

黃宗儒護不住這麼多人……沈洛年目光一轉，拔出金犀匕，悄沒聲息貼地往外飄了出去。

「洛年跑了，我也出去砍肥豬。」瑪蓮眼尖發現，大喊。

「我也去。」吳配睿跟著說，兩人覷了個空，同時往外鑽，一左一右對梭狪側面撲去。

「宗長和奇雅交給你了。」賴一心拍了拍黃宗儒的肩膀，跟著兩人往外竄。

奇雅眼見人都跑光了，卻開口說：「我也出去，你們小心。」

「奇雅？」葉瑋珊吃了一驚。

「宗儒保護妳就好。」奇雅說：「我有項鍊增速、柔勁護體，不會有事。」說完也跟著掠了出去。果然她周身以黃光籠罩下速度陡增，加上發散型的外炁本就靈動自如，飛騰速度雖不如侯、張兩人，卻也沒慢上多少。

保護的範圍縮小到只剩下兩人，這下黃宗儒可輕鬆不少。他將炁牆凝縮成兩片一公尺寬的堅實橢圓形，一面應付著轟來的飛梭，一面說：「宗長，我們往正面去。」

葉瑋珊怔了怔，終於一咬牙，御炁騰空，帶著黃宗儒向巨大梭狪掠去。

這時梭狪那兒早已經打成一團，張志文、侯添良飛來竄去，趁隙就淺淺插上一劍；瑪蓮、吳配睿的兩把刀穿梭來去，碰上就是一道口子；賴一心不敢貿然近身，在外圍一面觀察著戰況，一面找機會；奇雅則在二十餘公尺外大兜圈子，冷不防就一記冰柱飛去。

此時黃宗儒舉著兩片炁牆，正對著那梭狪的大頭撞，同時連續好幾個蘊含著強大熱量的炁彈，正對著梭狪腦門連續直轟，炸得她焦頭爛額，不斷嘶吼。

但套句張志文的話──這梭狪可是「奶奶級」的，眾人雖然能對她造成損傷，卻大多只是皮肉之傷，她不但操控著飛梭攻擊，體外更是妖炁瀰漫，眾人的各式武器、葉瑋珊的炎彈、奇雅的冰柱，穿過那大片妖炁都十分困難，更別提想造成真正的傷害。

還好梭狪的強大妖炁，對沈洛年來說卻不造成困擾，此時圍攻的人數不少，沒有妖炁的沈洛年容易被忽略，頗有機會欺近攻擊，但短短的金犀匕戳到肥大的梭狪身上，連脂肪都不知道穿過了沒有，梭狪只妖炁一聚，又把裂開的傷口逼了回去，連血都一滴滴地滲，似乎沒用。

而那巨大身軀不斷扭動衝突，沈洛年也不敢隨便靠近，若被撞一下，沒妖炁護身的自己，恐怕骨頭馬上就散了。

至於灌入妖炁讓金犀匕脫鞘的方式，沈洛年倒不是不肯，不過他早已測試過，就算凱布利脹到最大，灌入的妖炁依然不足以拔開那層刀鞘。凱布利的優點在於妖炁彷彿無窮無盡，瞬間輸出的量卻實在不怎麼樣……這方面可幫不上忙。

如果只是插幾個小洞的話，任何人都比自己在行，倒不用上去冒險。沈洛年索性退開了些，繼續看著戰況的變化。

還好這梭狪雖強，卻似乎有點兒蠢笨，眼見周圍眾人跑來跳去地摸不著，只有拿著兩團紫光的兩人在自己眼前不動，她也不挑食，就對著黃宗儒那片炁牆猛撞，而那幾十個飛梭更是轟個不休。

但黃宗儒探出的炁牆，與全身炁息結成一體，他雖不斷被撞退，卻始終頂了下來，只不過這樣一連串劇烈震盪轟擊，他漸漸全身痠軟，不知道還能支持多久……

黃宗儒心裡有數，煉鱗引仙回炁速率極快，尤其炁息不足的時候，吸收的效率更高，既然頂得住，一時半刻自己的妖炁就不會散盡，但不斷承受這樣強大的衝擊，先受不了的反而可能是全身筋肉骨節與五臟六腑……但這是自己的責任，也是面對強敵時唯一的辦法，而且身後的是葉瑋珊，那當然死也得撐下去。

葉瑋珊不知道黃宗儒心中的想法，這時候她也別無選擇，只能把一團團蘊含著熱量的炁彈不斷往梭狪身上轟，雖然梭狪那顆豬腦袋上的皮毛被轟得焦黑捲曲，沒一處完整，但似乎並不影響她的戰力，依然對著黃宗儒猛撞個不停。

賴一心在旁觀察著，心中一面思索。這場戰役，若要獲勝，就得在黃宗儒倒下前打倒這強大的妖怪，但這妖怪體表妖炁似乎十分豐沛，這樣下去，黃宗儒會先支持不下去，賴一心想到這兒，大聲喊：「動作快！小傷也是傷。」一面往上撲了過去，運炁於矛，對著梭狏穿刺。

眾人一怔，本已經有些緩下來的動作再度加快，連沈洛年看到有機會都上去捅一匕首。梭狏身上一個個小傷口不斷地累積，似乎終於受不了，她突然一扭頭，對著看來速度最慢的賴一心頂了過去。

賴一心可不像黃宗儒這麼耐打，他當下全身泛出柔勁，黑矛橫擋頂著對方的獠牙，轟地一下被撞飛了十餘公尺，而那團飛梭，也全對著往後翻飛的賴一心衝去。

葉瑋珊大吃一驚，三團炁彈連珠砲般地往梭狏身上砸，一面帶著黃宗儒往賴一心的方位爆閃追去。

其實不只葉瑋珊，每個人這時都全力進攻，幾把刀劍都砍上了梭狏屁股，劍戳得更深，刀開口更大，還有冰柱對著她四蹄亂發，梭狏被打得怒氣勃發，轉回頭來，亂衝一氣，卻又誰也打不到。

賴一心半空中一個翻轉，黑矛連揮，應付著那大片飛梭。他連擋了十餘枚，一面點地急閃，終於一個躲避不及，被幾枚飛梭打翻落地，眼見後續飛梭轉折衝來，他黑矛猛刺地面，御炁間一個急翻，終於鑽入了黃宗儒的炁牆護罩之中，逃過一劫。

「一心？」葉瑋珊慌張地扶起他，見他胸腹間開了四個巴掌寬血槽，正不斷滴血，葉瑋珊還沒見過他受這麼嚴重的傷，眼睛馬上紅了起來。

「還好護身炁息沒被完全打破……妳可別被撞上了。」賴一心咬著牙，扶著黑矛想站起。

「別動！動了傷口會裂。」沈洛年不知道什麼時候衝了回來，一手扯開了賴一心的上衣，彷彿變魔術般地迅速一抹，賴一心胸前那手掌寬的傷口，突然封口止血自動密合，跟著一團泥土蓋上去倏然收乾，把傷口包緊。這麼一連串四個傷口閃電般依序完成後，沈洛年又衝了出去。

賴一心只覺得眼前一花，胸腹間的疼痛感突然減輕了不少。他低下頭看，這才發現上身多了四團乾土，緊緊地把自己傷口收束著，不禁詫異地說：「這……？」

葉瑋珊可也沒看清楚沈洛年的動作，但這時候也沒時間讚歎，她一轉頭，帶著黃宗儒與賴一心又往梭狪那面飛掠，一面不斷轟出炁彈。

原來梭狪發現賴一心受傷後躲了起來，她這才發現其他人比那揮著兩根棍子的紫色氣團好打不少，當下一轉頭，對第二慢的瑪蓮衝了過去，飛梭也跟著向那方急射。

瑪蓮吃了一驚，自己就算煉鱗引仙，耐力大、恢復力強，被這大傢伙撞上不會斷成兩截，但加上那堆飛梭可應付不來，當下連忙爆閃逃命。

她這一閃，倏忽間高速衝出近二十公尺，梭狪撲了個空，她四面找了找，確定了方位，又對著瑪蓮衝去。

怎麼又來了？瑪蓮雖然因爲體質增強，連閃個三、四次不是太大的問題，但這幾次閃過之後該如何是好？難道也躲到黃宗儒的防禦圈之中？她正遲疑的時候，卻聽梭狪怪叫一聲原地蹦跳起來，那些飛梭也突然往回飛，快速地繞著周身飛旋，彷彿正保護著梭狪。

瑪蓮驚疑之間，退開了好幾步，葉瑋珊這時也帶著賴、黃兩人到了近處，眾人都看著梭狪。過了幾秒，眼睛最好的張志文突然吃驚地說：「那是啥？看她腦袋。」

眾人目光望去，卻見正亂蹦亂跳的梭狪，頭上不知何時蒙著一片古怪的黑影，她正快速地甩頭，一面用前足撥動著，甚至還用飛梭在自己臉上刮動，彷彿被什麼黑色異物附著上了，正十分難過。

也因爲梭狪動個不停，眾人一時也看不清楚那是什麼東西。

「快逃吧？」梭狪跳動間，沈洛年點地掠到眾人面前說：「那是凱布利。」

「啊？」眾人叫了起來，下一瞬間才明白，沈洛年居然用凱布利摀住了梭狪的雙目。

「帥呆了！這招好賤！啊！洛年我不是罵你，這是讚美。」張志文開心地亂叫：「這傢伙我們打不過，快跑、快跑……一心你沒事吧？咦，無敵大你怎麼了？」

眾人目光轉向黃宗儒，卻見他身上的鱗片慢慢褪去，露出滿頭大汗的蒼白臉孔，他兩支短棍支著地面，微弓著身子喘氣說：「似乎妖炁連續耗用過度……保持仙化越來越費力，我趁機休息一下。」

「會這樣嗎？」張志文吃了一驚說：「啊呀，還好我沒試著飛越大海，否則豈不摔死？」

「應該是瞬間耗用妖炁過度吧？」葉瑋珊也不知會如此，驚訝地說。

吳配睿想了想，把刀揹在身後，走近攙扶著黃宗儒說：「靠著我，休息一下。」

黃宗儒有點意外，也有三分尷尬，望著吳配睿說：「謝謝。」

吳配睿只搖了搖頭，沒說什麼。

這時似乎不適合開玩笑，瑪蓮、張志文眼睛轉了轉，對視一眼，都忍下沒開口。

葉瑋珊看著賴一心和黃宗儒兩人的狀態，沉吟說：「我們今天就先撤退吧？」

眾人正紛紛點頭的這一瞬間，梭狪突然不再亂跳，停了下來，連那些不斷流轉的飛梭也凝定在空中。眾人心中一緊，每個人都注意著那兒，呼吸都不敢大聲。果然下一瞬間，那幾十顆飛梭光華大漲，匯聚著妖炁，又對眾人衝來。

ISLAND
最強的妖族

眼看梭狪又開始攻擊，沈洛年低喊一聲：「收斂炁息！」一面往外溜。

眾人連忙收斂了炁息往外跑，瑪蓮等人連仙化狀態都退去，大夥兒靠著雙腿，安安靜靜地躡足往北奔出了幾十公尺。

梭狪有點困擾，追了幾步又停了下來，對著空中嗅了嗅，似乎因爲站在上風，並不很清楚眾人的位置。

「走出一段距離再御炁回去。」葉瑋珊低聲說。

「你們先走。」沈洛年也低聲說：「我晚點走。」

「你又要幹嘛？」葉瑋珊驚問。

「凱布利說不定不能離我太遠，所以你們先走。」沈洛年說：「放心，我逃得掉，上次就逃過一次。」

「上次你只遇到小隻的，不是嗎？」葉瑋珊說。

「呃。」沈洛年皺眉說：「不然怎辦？大家一起冒險嗎？我留下就好。」

葉瑋珊正沉吟，那邊梭狪又動了，這次她又往北邊走了幾步，跟著又嗅了嗅，突然低著頭，一頭往北方衝去，只不過幾秒鐘的時間，已經衝過了眾人，就這麼一路往北奔。

「啊咧？」眾人一呆，彼此互望了片刻，賴一心突然叫：「快追！」

這一句話大聲了些，已經奔出百餘公尺的梭狪突然停下，側耳傾聽著聲息。

「得趁現在殺了她。」賴一心聲量放低，舉起支著身子的黑矛說：「我們一走，她一定一路聞著往北追去，會一直追去庫克鎮。」

「你別動。」沈洛年說：「這只是臨時處置，一動手傷口就裂了。」

「那……」賴一心遲疑地說。

「我們上吧，一心和無敵大休息。」瑪蓮拔出彎刀罵：「靠！難不成一頭瞎豬都打不過？」

「大家小心點。」賴一心說：「攻擊的那一剎那才聚炁。」

「知道了。」眾人紛紛散開的時候，吳配睿對黃宗儒低聲說：「你可以嗎？我過去了。」

煉鱗恢復力本強，經過這段時間休息，黃宗儒已比剛剛好了不少。他站直身子說：「可以了，妳也小心點。」

「嗯。」吳配睿微微點頭，拔出長柄刀，往前掠了過去。

眾人一接近，梭狪似乎也感覺到不對勁，停下來左顧右盼，一面不停地嗅著。

在流動的空氣中，不斷飄移的氣味並不能幫助梭狪精確掌握住對方的方位，但卻足以提供周圍的變化情況。梭狪很清楚附近又被剛剛那群人圍上，只不過對方炁息都收斂了起來，一時不容易感受到，她體表妖炁鼓起，飛梭緩緩移動著，隨時準備攻擊。

眾人也知道，收斂炁息只在一定範圍之外有用，且不提沈洛年那種怪異的感應能力，一般感應力不錯的妖怪，到了約十餘公尺內一定就會察覺，何況是這種強大的妖怪……眾人慢慢一面彼此打著眼色，一面往前接近。

而葉瑋珊和奇雅無須近距離攻擊，兩人遂並肩站在數十公尺外，準備配合眾人行動。

就在這一瞬間，那三十餘個飛梭突然散布在約十餘公尺範圍內，忽高忽低地高速盤旋，上面蘊含的強大妖炁，讓人不敢隨意靠近。

瑪蓮等四人不禁呆了，現在這該怎麼辦？一頭衝進去未必能閃過這些飛梭，慢慢找空隙接近的話，當被察覺的一瞬間，豈不又會被攻擊？

眾人正發愣，卻見一顆車輪大的炎彈與水泥柱般的冰柱在虛空中同時出現，正分從左右高速對著梭狪飛去，卻是葉瑋珊與奇雅見眾人不易下手，是以先行試攻。

兩股混合著玄靈之力的炁勁，闖入防禦圈的同時，很快就遭遇到了飛梭。葉瑋珊的炁彈被飛梭一碰，彷彿被點燃了的炸藥一般，轟然爆散，周圍的三、四枚飛梭不禁偏折了方位，彼此撞在一起；另一面撞上冰柱的飛梭，卻彷彿打入一塊軟泥般，稍微陷入又無能爲力，幾枚飛梭撞上之後，冰柱不爲所動地繼續往內飛，噗地一聲撞上了梭狪時，彷彿化爲一片寒凍軟泥，將一股寒氣向著梭狪體內透去。

梭狪體內妖炁漲起，迫開了這股冰氣，一面仰天怪叫，十餘枚飛梭對著奇雅和葉瑋珊那兒衝去。

奇雅胸口項鍊泛出黃光，帶著葉瑋珊高速閃避，但帶著兩人畢竟不比一人，而項鍊效果仍不如眞正輕訣之炁，閃避間仍有點吃力。

還好奇雅帶的不是別人，而是能使用爆閃心法的葉瑋珊，若遇緊急時刻，轟地一聲氣流激盪下，兩人就能倏然挪位數十公尺，倒也有驚無險。

這還是離開台灣之後首次遇到強敵，也是兩人第一次合作閃避。片刻之後，葉瑋珊與奇雅有些意外地對看了一眼，都有點高興，沒想到加上了那項鍊之後，兩人配合起來倒是不錯。

閃避的同時，兩人口中未停，仍不停誦咒施術，炎彈、冰柱相繼施放，炎彈雖然不易闖入防禦圈，但轟然一炸後氣流激盪，也讓梭狪的防禦鐵壁出現漏洞，瑪蓮等四人不再遲疑，趁機往內殺入。

當下六人和梭狪大戰起來，雖然一樣不容易對梭狪造成夠大的傷害，但一個個小傷口卻是確確實實地不斷增加，她縱然以妖炁閉合傷口，但滲出的血還是越來越多。隨著兩方的戰鬥，這片草原上逐漸散開了一片猩紅。

沈洛年這時倒沒動手，剛剛他已經發現，白宗這群人也許因爲時常一起練習和作戰，彼此頗有默契，很容易就能夠配合起來，自己湊進去，常有點礙手礙腳的感覺，這時可不是表演賽，一出問題就會有人受傷送命，如非必要，還是別湊熱鬧爲上。

反正現在似乎沒什麼問題了，不須自己插手……梭狪雖偶爾也會全力針對某人，但只要閃出一段距離後收斂炁息，看不見的梭狪就無法持續追擊，此時眾人可說已立於不敗之地，只看梭狪什麼時候倒下。

所以沈洛年只站在賴一心和黃宗儒身旁，也算是幫忙守護，看著看著，他回頭問：「你們兩個怎樣？」

「我還好。」黃宗儒已經比剛剛好多了，他收起雙棍，取下弓箭說：「要是有機會我也可以試著攻擊……一心還好嗎？你臉色挺難看。」

賴一心傷口雖然暫時止血了，臉色卻一直不怎麼好，他聽到兩人詢問，苦笑說：「受傷時滲了些妖炁進來……得花點時間排除。」

「妖炁浸體了？」沈洛年一怔說：「不坐下嗎？」從上次揍人之後，沈洛年這才知道，妖炁入體似乎當真十分難受，雖說賴一心體內也有炁息護住重要臟腑，可能沒這麼痛，但應該也很不舒服才是。

賴一心搖了搖頭說：「站著就好，別讓他們分心。」

「一心，你還是不想引仙嗎？」黃宗儒說：「體魄差很多呢。」

「我知道……不然我也不會是唯一受傷的。」賴一心呵呵笑說：「但最近又能吸收妖質了，我再測試一陣子看看，這之間差異不弄清楚，我以後恐怕會睡不著覺。」

「你也眞是的。」黃宗儒苦笑搖搖頭，不再多說。

另一面，梭狪防禦的力量越來越弱，眾人越逼越近，砍開的口子也越來越大，梭狪翻身攻擊的速度更越來越慢，瑪蓮和吳配睿還有點保守，動作迅速的張志文和侯添良，兩人越衝越大膽，偶爾還會多插兩劍才退開，彷彿在比賽一般。

就在一次張志文切入，在梭狪左後腿上又留下兩道窄深劍痕的時候，梭狪突然扭頭往後張嘴，一道蘊含強大妖炁的強光爆出，對著張志文衝了過去。

這東西速度奇快，加上張志文又有點粗心大意，當場轟地一下被撞飛。眾人驚呼聲中，張志文在半空中往後飛翻，落地前已經昏迷，當下重重摔在地上。

那道蘊含強大妖炁的光華一轉，繼續向著次近的吳配睿飛射，吳配睿大驚失色，爆閃飛竄，只讓那光華擦身而過，但似已被妖炁浸入些許。她飛射出數十公尺外之後，一個立足不定，踉蹌摔跌了兩步，才穩住身形。

這時侯添良已竄去抱起張志文往外逃，瑪蓮看狀況不對，當然也快速爆閃飛撤，收斂起妖炁、攙著吳配睿往外逃命。此時那光華一轉，凝停在梭狪的正上方，那耀目的光輝，彷彿沒有熱度的日光，將四面照耀得如同白晝。

沈洛年一面往那兒衝一面暗罵，怎忘了梭狪肚子裡面還有藏一個大顆的？那大飛梭似乎集中了梭狪身上所有的妖炁，速度快到連爆閃心訣都差點閃不開，那還有誰能接近？

這時眾人紛紛朝張志文的方向衝去，連黃宗儒也攙著賴一心往那兒奔。

「蚊子！蚊子！」侯添良一面逃，一面忍不住慌張地叫。

但這一叫可壞了，哪彷彿臉盆大的飛梭馬上對著侯添良衝，在眾人驚呼聲中，侯添良卻也乖覺，往下一趴往外竄出兩公尺，還好這時距離已遠，加上對方只約略判斷出方位，那大型飛梭在空中一繞，又飛了回去。

侯添良奔出百公尺遠後才停下，眾人也終於圍上，卻見侯添良正慌張地捧著張志文，張志文則軟軟垂著身子，彷彿已經沒有氣息。

「蚊子？」侯添良低聲喊，一面猛搖他的肩膀。

「他沒事吧？」葉瑋珊問。

「不知道。」侯添良越搖越用力，慌張地說。

「別搖了。」瑪蓮一把撥開侯添良的手，手放在張志文鼻下，鬆了一口氣說：「還有氣，沒死。」

「我看看。」沈洛年拖過張志文，平放地面，上下觀察著，一面口中喃喃自語。

昏迷的張志文仙化已退，已變回人形，脫掉上衣的他，肚腹處清楚出現一大片青紫，看來剛剛那個撞擊力道不小，還好那大型飛梭似乎並不很尖銳，沒有當場將他開膛破肚。

沈洛年自語了片刻，這才提高聲音說：「外表瘀青，內臟稍微出血、妖炁浸體……嗯，沒有生命危險，應該是他當時高速往後飛，加上身體很輕，所以受到的撞擊力量不算太大，醒了之後就可以自己療傷。」

「那他爲什麼昏了？」侯添良擔心地問。

沈洛年皺眉說：「只是嚇暈或痛暈過去了。」他一面伸手用力捏了捏張志文的人中，又輕拍了拍他的臉頰。

過幾秒，張志文眼皮動了動，呻吟了一聲，還沒睜眼就呢喃著說：「阿姊，我對妳……」

「靠！」瑪蓮臉一紅，忍不住給他一巴掌，當場把張志文打醒，連那半截話都吞了回去。

張志文一醒來，迷迷糊糊地說：「阿姊幹嘛打我？呃……好痛。」

「我打很輕啦，哪會痛！」瑪蓮好笑地罵。

「肚子痛啦。」張志文苦著臉，抱著肚子說：「啊，剛剛被一團光打到，那大肥豬藏陰招。」

「先運炁化去泛入體內的妖炁。」沈洛年說：「其他傷勢對你的體質來說不算什麼，幾天內就會好，但今天別繼續戰鬥了。」

「運炁時小心點。」賴一心說：「離梭狪還太近了。」

眾人這才想起梭狪，回頭一看，卻見她又在四面嗅聞著，似乎又想往北尋去。

「不能讓她去，現在怎辦？」葉瑋珊說：「那大顆的飛梭速度太快了，沒法近身。」

奇雅轉頭問：「宗儒的弓箭能用嗎？」

「聚炁爲箭的時候可能就會被發現了。」黃宗儒搖頭說：「所以我剛剛一直沒敢用。」

奇雅想了想說：「我去牽制一段時間，你們再想想有沒有辦法。」

「奇雅！」瑪蓮驚訝地叫：「我陪妳去。」

「不用。」奇雅搖頭說：「我一個人容易躲。」跟著她收斂著炁息，快步向著梭狪奔去。

奇雅直奔到離梭狪約莫四十公尺遠處，當下手中匕首一指，口中默禱唸咒，一道約莫手臂粗細的小型冰柱倏然從身前出現，對著梭狪直飛。

同一瞬間，梭狪的大型飛梭馬上對著奇雅衝，但這剎那奇雅胸口黃光一閃即隱，往旁挪移數公尺的同時又把炁息內聚入體，一面緩緩往旁移位。這麼一來，飛梭當然只能撲空，找不到人。

飛梭在那兒繞了兩圈，剛往回轉沒多久，奇雅卻又再度揮出小冰柱攻擊，一面再度換位。不過幾分鐘時間，梭狪挨了好幾下，氣得她到處亂跳，控制著大型飛梭到處亂衝，但奇雅速度本快，又幾乎沒在原地停留，飛梭不管怎麼衝，也只能不斷撲空。

不過這些冰柱威力實在不大，就算穿越了防禦圈，打到梭狪身上也不過泛起小片白霜而已，梭狪妖炁一鼓便馬上消退，幾乎沒什麼作用。

瑪蓮看了看，詫異地說：「奇雅怎麼不大力點？」

「開玄界之門需要時間，開太大的話可能來不及閃避……」葉瑋珊解釋之後，想了想說：「我也去幫忙好了。」

「不行。」賴一心拉住葉瑋珊說：「妳移位沒這麼快。」

葉瑋珊何嘗不知？但奇雅一個人能支持多久？在玄界儲存的炁息量可是有限的，不可能無止盡地一直使用下去。

「我去想辦法。」沈洛年看著那端說。

「你有什麼辦法？」這下輪葉瑋珊一把抓住沈洛年說：「凱布利現在又不能用。」

「也許有辦法，我去試試。」沈洛年輕輕扯脫了葉瑋珊的手，比了個噤聲的手勢，悄沒聲息地往那兒掠了過去。

大家都不能使用妖炁的時候，沈洛年的速度反而是最快的，他用單純的身體力量，推動著幾乎沒有質量的身軀，彷彿一陣煙般地閃了過去，只不過幾個點地已經飄到了奇雅身邊。

見沈洛年突然衝來，奇雅停下攻擊，疑惑地望著他皺眉，等沈洛年開口解釋。

「我靠近梭狪的話，妳就暫時別攻擊。」沈洛年低聲說。

「你靠近？」奇雅微微一驚

「沒關係，她感覺不到我。」沈洛年低聲說：「我接近之前，掩護我，讓她分心。」

奇雅遲疑了兩秒，才說：「好，小心點。」

「嗯。」沈洛年一轉頭趴下，身子平貼在草地上，他兩手輕輕往下一撥，身子當即順著草尖往前飄射，彷彿一條在草浪中振鰭的大魚，就這麼無聲無息地穿了進去。

這又是什麼功夫？不管是奇雅還是遠方的白宗等人，都不禁瞪大了眼睛。

沈洛年飄行的同時，奇雅仍有一下沒一下地施展小冰柱，一面忍不住盯著沈洛年的動作。

只見沈洛年幾個撥動，已經穿過了防禦圈，飄到了梭狪身旁，奇雅連忙停手，有些緊張地看著沈洛年的動靜。

奇雅既然停了下來，梭狪當然也找不到人攻擊，她那三十餘顆大小飛梭，仍不斷在外圍高速穿梭，那一顆臉盆大小的大型飛梭，則停在她的頭上半公尺處，綻放出強烈的光芒，也因爲那兒亮如白晝，眾人才能看清楚趴在草中沈洛年的動作。

看沈洛年鑽到近處，眾人一下子連呼吸都不敢大聲，心臟都提到了喉頭，沒有人敢發出一點聲音。

梭狪當然也嗅到了異味，但她那數十個飛梭四處穿梭，卻什麼都碰不到，加上一絲絲妖炁都沒感覺到，梭狪不禁也有些狐疑，不知道自己是不是聞錯了，一面又四面嗅了幾下。

就在這時候，沈洛年突然輕輕地一推地面，彷彿浮起一般，慢慢地往上斜飛，向著梭狪頭部上方那顆大飛梭飄去。

他想幹嘛？葉瑋珊差點喊出聲來，她連忙伸手掩住了自己的嘴，這一瞬間只覺得全身發麻，連自己心跳幾乎都要停止。只見沈洛年無聲無息地飄到那飛梭旁，突然手腳齊張，一把將那大飛梭抱住。

這不是找死嗎？眾人張大嘴，正想喊，卻見那飛梭突然光華一暗，妖炁全失，被沈洛年這麼帶著往地面滾，彷彿變成一顆普通的梭狀透明大寶石。

緊跟著梭狪突然發出一聲慘號，她那巨大的身子一軟，轟地一聲摔趴到地上，連周圍的飛梭都紛紛落地，在這一瞬間，她那龐大的妖炁倏然消失無蹤，身上各處傷口同時滲出鮮血，眼看去死不遠。

沈洛年也不知道會變成如此，他本只想把那大型飛梭的妖炁化散，只要沒了這個飛梭，梭狪就不是眾人的對手，所以才趁機摸上那個大飛梭，沒想到道息才剛送入，雖然順利地化去一大半，又莫名湧出一波波妖炁抵禦，但沈洛年體內道息畢竟是一切炁息的剋星，一面化散一面吸收，只不過數秒的時間，飛梭中妖炁幾近消失。

也就在這個時候，那梭狪突然慘叫倒下，沈洛年心念一轉，突然明白，梭狪的妖炁中樞竟然就是這個大型飛梭，難怪不到危險關頭，她不貿然使用……若把這飛梭中的妖炁完全化散，這大傢伙恐怕馬上就會死了……沈洛年一時之間有點遲疑，不知道該不該繼續下去。

奇雅難得地張大嘴闔不起來，一面飄近一面問：「你……你做了什麼？」

沈洛年還沒回答，瑪蓮、吳配睿已經跟著大嚷大叫地衝來，瑪蓮一面喊：「靠！這是什麼魔術？爲什麼大肥豬突然倒了？」

前腳後腳奔來的侯添良身上揹著張志文，張志文正有點衰弱地說：「洛年你太狠了，怎麼等我倒了才肯開外掛？」

「這……」沈洛年抓抓頭說：「我也不知道會有這種效果。」

眾人正議論紛紛，不遠處的黑影中，突然傳來一聲咳嗽，一個陌生的男子嗓音說：「很抱歉，打擾了。」

這附近怎麼還有人？眾人一驚同時轉頭，卻見一個長相英挺、濃眉大眼、方正臉型的青年，正從西方暗影中緩緩踏出。

這青年生著東方臉孔，看來大約三十歲左右，身上穿著件彷彿由青色鱗甲串成的古式戰袍，身後揹著一柄造型古樸的寬劍，正對著眾人微笑，一面昂首闊步地走來。

這人除了裝束頗爲詭異之外，倒也算是相貌堂堂，一臉正氣……能一個人在此獨行，若非變體者，想必也有什麼特殊的能耐，不可能是普通人，但兩方距離已如此接近，葉瑋珊等人卻依然感覺不到此人的炁息。

莫非這人也是強大的妖怪？眾人對望了幾眼，都提高了警覺。

「諸位都是修仙者？」青年上下望望眾人說：「看來都十分年輕。」

葉瑋珊正想上前應答，抱著那大飛梭的沈洛年卻先一步開口說：「你是哪一族的？怎麼稱呼？」

那青年似乎有點意外，仔細看了看沈洛年，又望著他手中的飛梭片刻，這才緩緩說：「虯龍皇族，道號敖旅。」

媽的！最強的妖族出現了？有道號當然不意外，而且這人身上有盔甲、手中又有武器，那股妖炁更是強大難測……沈洛年不禁有點頭皮發麻，這傢伙恐怕連奶奶級的山蔭都打不過。

敖旅望向眾人，見無人應答，又開口說：「敖某南行訪友，途經此地，恰好看到這場爭鬥，一時心血來潮，貿然出面，請勿見怪。」

葉瑋珊等人和沈洛年不同，聽到虯龍族這名詞，並不怎麼熟悉，但總之聽來不像是人，剛見識過仙狐阿白的眾人，倒也不是很難接受這種事。葉瑋珊想了想，開口說：「我是道武門、白宗宗長葉瑋珊，請問敖先生有何指教？」

「想爲這梭狪請命。」敖旅一指趴在地上喘氣的梭狪說：「梭狪一族凝炁於飛梭中，已難化散爲己用，不再具有狪珠的優點……不知諸位爲何一定要致其死命？此獸世上所存不多，可否請葉宗長留她一命，賜還飛梭？」

葉瑋珊雖然聽不懂前半截，卻聽得懂後半段，忙說：「敖先生誤會了，近日地層變動，我族兩萬餘人需往南遷，此獸橫阻於此、無法溝通，我等方盡力與之周旋，並非貪圖什麼寶物。」

「原來如此，北方確實有人類聚落。」敖旅醒悟說：「諸位果眞不是來獵狪珠的？」一面又看了沈洛年一眼。

就是自己懷中這大東西嗎？沈洛年往前走說：「還她是可以，但怎麼趕她走呢？」

「由我負責如何？」敖旅微微一笑說。

反正這傢伙要是翻臉，也只能投降，沈洛年大方地遞出飛梭說：「那就交給你。」

敖旅微笑接過，走近梭狪，拍拍她那張巨大的豬鼻，把飛梭塞到梭狪的巨口中。這一下，梭狪那微弱的呼吸聲馬上粗壯了不少，耳朵也跟著動了動，似乎將要清醒。

眾人可有點害怕，忍不住退了半步，敖旅回頭一看，搖手笑說：「她妖炁幾已散盡，沒這麼快恢復的，對了……這位不知如何稱呼？」最後這句話，是看著沈洛年問的。

「我姓沈。」沈洛年可不想交朋友，皺眉簡短地說。

「沈小兄。」敖旅望著沈洛年說：「你竟敢飛身撲向這飛梭，莫非早知梭狪妖炁將散？」

這可有點難回答，說不知道，剛剛那動作彷彿自殺，說知道又該怎麼解釋？既然如此，當然是挑比較簡短的一種，沈洛年當即說：「不知道，打不過亂試的。」

敖旅似乎有點意外，但畢竟過去從沒有人承受過鳳凰換靈，他怎麼想也想不出妖炁散去的可能性，更不相信一個看似不具炁息的普通人類可以辦到……他望著沈洛年片刻後說：「你身上似乎有種奇怪的味道。」

那時燄丹也這麼說……莫非自己道息收得不夠內斂，沈洛年一面運轉著道息往內收，一面裝傻說：「什麼味道？」

敖旅似乎難以作答，他搖搖頭，望著梭狪眼睛說：「至於這扭轉戰況的影妖……又是哪位飼育的？」

差點忘了！沈洛年忙說：「我的。」他心念一動，凱布利化為一隻小甲蟲黑影，鑽入草堆中，無聲無息從沈洛年褲管鑽回肩膀，那梭狪眼前突現光明，眼皮也勉強動了兩下。

敖旅回頭望著沈洛年，似乎仍然有不少疑惑，但想了想之後，還是沒張口詢問，只淡淡地說：「你不怕影妖碎散消失嗎？」

沈洛年吃了一驚說：「會嗎？」

敖旅微微一笑說：「影妖雖是無形之物，妖炁亦然，若以大量妖炁爆透，影妖極易受損化散，就算倖存，重新凝聚亦頗費工夫……梭狪慣於以飛梭攻擊，未試此法，算諸位運氣不錯。」

原來如此！沈洛年不禁冒了一身冷汗，自己雖然拿東西戳過影妖，倒還沒讓牠被大量妖炁炸過……今天打贏可真有點好運，以後可不能再幹這種事。

不只沈洛年，每個人都想到一樣的事情，若那大梭狪把凱布利震碎，亮著眼睛和眾人戰鬥，今天可眞得全軍覆沒了。

敖旅見眾人都一副死裡逃生的模樣，倒露出了微笑，他不再理會沈洛年，回頭望著似是眾人之首的葉瑋珊說：「如今人類，還記得當初的虯龍一族嗎？」

葉瑋珊愣了愣才說：「神話傳說中……有提到一些諸位的事蹟，但並不很清楚。」

「原來如此，反正還早，以後再說吧……啊！差點忘了這些。」敖旅手一招，一股炁息捲動之間，那些散落在周圍的幾十枚飛梭，也一個個滾了過來，依次擠入梭狪的嘴中。

梭狪眼睛還睜不開，卻迷迷糊糊地吞嚥著，似乎把這些都吞下肚中，精神才會更好，敖旅一面說：「除最主要的狪珠外，梭狪本有百多枚飛梭，這隻卻剩不到一半，想必經歷過不少戰鬥。」

那隻死掉的小梭狪，似乎就有百多枚的飛梭？眾人對望了一眼，不過誰也沒說話，這時候說出小梭狪的事，說不定會節外生枝，還是不提為妙。

「我去找個無人深山放了她。」塞完了飛梭，敖旅伸手提了提那遠比他身體巨大的梭狪，皺眉說：「似乎有點礙手礙腳……好吧。」說完，他把背上的長劍解下，拿在左手，突然鼓起大片妖炁，扯著梭狪縱身而起。

眾人跟著抬頭，卻見敖旅在空中一扭身，一股強大的妖炁突然泛出，激起一片強風往外狂捲，大夥兒眼前一花，卻見一條六、七公尺長的青色四爪異獸，正在空中飛騰，那鷹爪鱷吻、鹿角蜥腿、布滿鱗片宛如巨蛇般的身軀……豈不正是東方傳說中的神龍模樣？

那青龍的龐大身軀，正抓繞著那隻大梭猸，其中空著的一爪還抓著那把寬劍，除此之外，空中並沒有飄下什麼衣物，看來那身鱗甲般的戰袍，恐怕也是軀體所化……沈洛年不禁暗暗佩服，這族變身的技巧，似乎比仙狐、窮奇她們還先進一些，不用擔心裸體。

而敖旅這一扭身變化爲巨龍，除沈洛年以外，其他人幾乎都沒有心理準備。他們本就沒親眼見識過妖仙化形，甚至還有好幾個人把「虯龍」聽成「囚籠」，根本不知道敖旅和傳說中的龍有關……看到眼前突然出現一條活生生的巨龍，每個人都傻了眼，退了好幾步，吳配睿更是腿一軟，跌坐在地上發愣。

青龍看著眾人的神色，似乎頗感滿意，他口中吐著雲氣，兩顆圓鼓鼓的大眼睛黑白分明地望著眾人，一股威嚴沉凝的聲音緩緩傳出：「諸位就此別過。」

葉瑋珊呆了呆，躬身行禮說：「敖旅先生再會，祝一路順風。」

敖旅對眾人微微點了點頭，一轉身，就這麼捲著那大梭猸，快速地往南方飛掠，只不過幾個呼吸的時間，那條青龍的身影，已經消失在遠方幽暗的夜色中。

眾人呆了好片刻，賴一心才喘一口氣說：「眞有龍耶……比我想像中小了些。」

「還年輕吧。」沈洛年說：「老龍應該還沒能來。」

「哇靠！」瑪蓮叫了一聲，望著奇雅，對空用力張開雙臂說：「奇雅！以後可能會出現這麼大、這麼大的龍耶！」

「也許吧。」奇雅微微一笑說。

「他似乎有很多問題想問洛年。」葉瑋珊看了沈洛年一眼，抿嘴笑說：「不知爲什麼問不出口。」

「啊！」還坐在地上的吳配睿笑說：「他一定知道洛年會回他『關你屁事』，所以不問了。」

沈洛年一聽倒笑了出來，搖頭說：「那傢伙是龍耶，我可沒這麼有種。」

「原來你只是欺負我！」吳配睿跳起來抗議。

「若只是我倒楣，那倒沒什麼好擔心的……」沈洛年一轉話題說：「這姓敖的傢伙，只是打從心底看不起人類，所以不大願意問我事情。」

「是嗎？看不出來呢。」眾人有點意外。

「他有沒有看不起我們我不知道，但確實沒想幫我們。」黃宗儒說：「他早就來了，卻一直沒出面，我們之前差點滅團呢，他卻直到梭狪倒了才出來說話。」

「他早就來了嗎？你怎知道？」吳配睿訝異地問。

「他不是說了嗎？有看到凱布利扭轉戰局。」黃宗儒說。

「對喔！」瑪蓮一搥手掌說：「這傢伙不安好心，難怪洛年說他看不起人類。」

照上次輕疾的說法，人類帝王似乎把虯龍族尊奉爲神，人家看不起人類也沒什麼稀奇，沈洛年也不想多解釋，開口說：「回去吧，一心的傷口得快點縫合，剛剛那只是暫時止血，慢慢又會滲出來。」

「對了。」葉瑋珊吃驚地說：「你眞當過醫生啊？剛剛好像變魔術，還有志文的傷，你也一看就知道了。」

「呃。」沈洛年轉頭叫出凱布利說：「我送大家回去吧？」

「洛年！你居然不理我！」葉瑋珊好氣又好笑地頓足嚷。

媽的，混不過去……沈洛年抓頭說：「好啦，吵死了！晚點再說。」

「等等！」趴在侯添良背上的張志文突然叫：「我的寶貝大顆夜明珠呢？扔哪去了？阿猴帶我去找找。」

「啊，順便把那頭小豬帶回去當宵夜。」瑪蓮跟著叫。

葉瑋珊見三人往南奔，想想也說：「把小飛梭都帶走吧，看看有沒有什麼用。」

侯添良揹著張志文奔去那小梭狪倒地的地方，也就是剛開始和大梭狪發生戰鬥的地點，很快就找到了那個還在發光的拳頭大飛梭，張志文抱著那飛梭嚷：「還好沒丟掉，這可是我要送阿姊的定情禮物呢。」

「什……」正拖著梭狪屍體的瑪蓮，瞪著張志文說：「要不是看你受傷，阿姊就砍你。」

張志文嘻嘻笑了笑，想想又說：「對了，剛剛我昏倒醒來，阿姊幹嘛給我一巴掌啊？」

不提瑪蓮還忘了呢，當下扔下小梭狪，捏著拳頭走近：「你這臭蚊子那時在作什麼夢？」

「呃？」張志文眼睛轉了轉，乾笑說：「有嗎？沒有吧。」

「哼！大騙子！」瑪蓮忍笑咬唇瞪著張志文半天，最後還是看他身上有傷，放他一馬。

不久後，葉瑋珊等人也帶著散在百公尺外的近百顆小飛梭奔回，不過這時飛梭已只剩下一點微光，眼看撐不了多久就會變成沒什麼特殊之處的半透明梭狀結晶。

眾人跳上凱布利，連那頭兩公尺長的梭狪也搬了上去，一面飛，躺在凱布利上動彈不得的張志文，看著懷中那拳頭大飛梭的光越來越暗，不禁有點失望地說：「好像眞的沒用了，剛那條青龍說什麼不再具有狪珠優點，誰知道什麼意思啊？宗長妳聽得懂嗎？」

「聽不懂。」葉瑋珊苦笑搖頭。

「問洛年。」吳配睿說：「他會知道。」

沈洛年雖然當眞知道，卻忍不住瞪眼說：「爲什麼我知道？」

「你會算命啊。」吳配睿笑說：「還是你之前都騙人？」

「呃……」沈洛年瞪了吳配睿一眼說：「我就去算給妳看。」跟著他一個人走到前方自言自語，不知在唸什麼。

吳配睿本來只是開玩笑，倒沒想到沈洛年當眞去算了，眾人也都很意外，望著沈洛年，不知道他會算出什麼東西來。

過了好片刻，沈洛年轉回頭，卻見每個人都看著自己，不禁大皺眉頭說：「幹嘛？」

「你當眞算出來了嗎？」葉瑋珊忍不住說。

若是瑪蓮或吳配睿問也就罷了，怎會是葉瑋珊第一個開口？沈洛年白了葉瑋珊一眼，這才說：「就是說，狷珠本是一種精體，得手後，可以透入炁息培育，像狷狷一樣運用……但梭狷後來把這些飛梭蠱化……嗯，這你們聽不懂，總之就是讓飛梭認主，還凝入一股化散不去的妖炁，所以別人拿到也不能用。」

「洛年！」張志文訝異地說：「你意思是……本來可以讓這東西飛來飛去，還有發光，可是現在不行了？」

「嗯。」沈洛年點頭。

「太可惜了！」張志文叫說。

「若是還可以，就會很多人繼續獵捕這種妖獸，所以他們才會瀕臨絕種。」沈洛年遲疑了一下又說：「飛來飛去是辦不到，發光倒還可以。」

「怎麼說？」張志文問。

「因爲灌入炁息會發光，是這精體本身的特性。」沈洛年說：「就算不能控制，還是可以拿來當燈用……不過會耗炁息喔。」

張志文低頭研究了幾秒，才苦著臉說：「我灌了不會亮啊。」

「要我先處理過，把原有的凝結妖炁除掉。」沈洛年說：「要嗎？」

「好啊、好啊，拜託了。」張志文連忙點頭說。

沈洛年走近，伸手取過那拳頭大小的飛梭，以道息撫摸幾秒後，那飛梭中原本的光芒完全消失，變成一塊灰白色、半透明的橄欖形結晶，這才交給張志文說：「可以了。」

「變得有點醜耶。」張志文半信半疑地灌入自己的炁息，只見飛梭果眞逐漸發光，幾秒之後，凱布利腹上這片平台，被一片柔和的白芒照耀著，彷彿點著盞夜燈。

眾人都好奇地圍了過去，張志文正得意地說：「眞的挺耗炁息，但很亮吧？」

「小的呢，洛年？」葉瑋珊提著裝滿著小飛梭的布袋問：「若這種也可以，下次進山洞，就不用揹一堆樹枝進去。」

「也好……那一人做一個好了？」沈洛年問。

「別小氣啦。」瑪蓮叫：「通通都做起來，以後可以賣錢！」

「隨便。」沈洛年搖搖頭，從葉瑋珊手中接過那個大布袋，一樣撫摸片刻，之後他隨手取出一顆手指大小的小飛梭說：「挺輕的，那我也拿一顆。」一面把布袋還給葉瑋珊。

這下眾人都擠了過來在袋子裡挑選。很快地，整個凱布利上面都是點點亮光，而小顆的雖然沒法像張志文那顆這麼亮，但似乎「功率」比較好，不需要很多炁息就可以達到一定的光度，每個人都拿著一、兩個在玩。

躺著養傷的賴一心，這時也正和葉瑋珊拿著幾顆把玩著，他看著手中彷彿燈泡一樣的飛梭，突然說：「洛年。」

「嗯？」沈洛年轉頭。

「所以那大飛梭的妖炁，眞是你消去的？」賴一心說：「就像這些飛梭一樣。」

怎麼這種事腦袋就動特別快？沈洛年對賴一心苦笑搖了搖頭，沒有回答，回頭望著已經隱隱出現在北方的庫克鎮難民營。

眾人其實心裡有數，沈洛年有很多事情瞞著大家沒說，賴一心和葉瑋珊對視一眼，也不便再開口追問。

「咦……那是誰？」沈洛年看著北方，板起臉說：「不會是那丫頭吧……？」

眾人一怔，紛紛轉頭，卻見庫克鎮鎮民的帳篷暫居處最南端，堆起了一堆小營火，營火旁一個小小的身影正站在那兒，不斷往南方望。

隨著凱布利越飛越近，沈洛年終於看清那人，忍不住罵：「果然是那個傻丫頭！居然不去睡覺。」

眾人也都看清了那人的身形，正是被沈洛年留下的狄純，她這時也看見了這大團黑影，狄純嬌小清麗的臉孔上，馬上綻放出高興的笑容，歡天喜地地對著眾人直揮手，一面往這兒奔。

葉瑋珊露出笑容說：「你等等可別又罵小純了，她等到現在，好辛苦呢。」

「對啊，洛年別凶小純啦，她好可憐！」吳配睿也喊。

「小純幫我準備營火了！可以烤肉！」瑪蓮拍手說：「眞是乖孩子，不准罵她！」

沈洛年翻了翻白眼，降低了凱布利的速度，逐漸下落，望著狄純小臉上綻放出的喜悅，他忍不住苦笑搖了搖頭，果然和賴一心頗像……就是講不聽，眞拿這丫頭沒辦法。

ISLAND
我要先說遺言

梭狪已除，庫克鎮居民順利南遷，隨著時間過去，台灣與噩盡島兩方分別傳來消息。噩盡島那兒變化不大，港口因大浪不斷，暫時無法居住，人們都撤退到高原上。一開始雖曾傳出鑿齒來犯的警訊，但隨著地震頻率、次數越來越多，加上大浪不斷捲上陸地，怕海水的鑿齒似乎也已退去，暫時還算安全。

至於台灣那邊，大浪來襲的時候，確實又損失了不少人命，之後在引仙者協助下，人們開始往山上撤退。過不多久，台灣海峽不再存在，台中、嘉義、台南的平地和泉州、普田、廈門擠成一團、往上隆起，原本的平原變成山地，台灣中央山脈和福建南平、永安間的大片山脈，就這麼連成一片，再加上從南邊擠來的呂宋島，整個亞洲大陸正往東面太平洋移動。

移動之間，台灣東面海岸有的隆起、有的崩落，人們不斷往內陸退，不久後就退到原來的福建山區，那兒雖然妖族橫行、早無人跡，但如今天下大亂，除了像梭狪這種無知妖獸之外，大多都是各顧各的生計，也沒產生什麼太大的爭鬥。

這一個月大地動盪的時間，地震越來越強烈，稍不穩定的岩層都趁著這時候崩解碎裂，山上可能有山岩頹毀、土石滑落，平原一樣可能崩出裂口、陷出深谷，天候劇烈變化下，不時下著傾盆大雨，河道任意改道，處處都是洪澤。

白宗眾人領著庫克鎮居民一路往南走，葉瑋珊也開始選人成爲引仙者，考慮到妖質所剩不多，也沒時間補獵煉化妖質，只先增加了百名暫時性的引仙者，但已是不小的助力。

白宗眾人很忙，沈洛年卻很閒，也許因爲那晚的凶狠模樣，庫克鎭這兩萬多人，大部分都不願與他接近，沈洛年也不想改變形象，常常一個人不聲不響地飛出老遠，跑去觀察世界陸塊變化的狀態。

這段時間，歐亞大陸不斷往東挪移，澳洲大陸則往東北擠，兩個陸塊花不到十天就撞在一起，印尼諸島早已不見蹤影，硬梆梆的澳洲古老大地，把中南半島硬生生擠成一團變形的爛泥。各陸塊逐漸向噩盡島接近，在祝融控制下，亞洲東方、澳洲東北開始內縮下擠，噩盡島下方陸塊則逐漸往上拱，一個月過去，台灣已經消失，福建沉沒大半，原來在台灣的十餘萬人，最後一直撤退到原江西南部的大庾嶺山區。

至於美洲大陸和亞洲北端怎麼撞、非洲和印度怎麼擠，沈洛年懶得跑這麼遠去看，也就不清楚細節，只知道這一個月過後，原本的太平洋已經消失，除了南極洲以外，四面八方的陸塊聚在一起，中間拱擠出一塊近兩千公里寬的內陸大海，海中有個隆起的扇狀巨大島嶼，覆蓋了過半的海面。

這個巨大的扇狀島嶼，當然就是噩盡島，但又不只是噩盡島……過去完全以息壤土爲主結構的噩盡島，此時被一大片原本藏在海下的陸塊拱起，大了一圈，尤其是東方高原區，下方足足多了一圈數十公里寬的鹽化沙礫，高度也比過去增加了百餘公尺，當初東北海濱的港口城市如今已變成河港，想入海還得航行過那片彷彿沙漠一般的枯寂死地才能到達。

在島嶼西南方，有根特別狹長的扇骨，不斷往外延伸，最後以一個十公里左右的狹小寬度，和過去大陸相連，讓這島除了海面之外，也有了個可以通行的路面。

這段寬十公里、長近五十公里的狹長走道，是塊新浮起的陸地，上面殘留著不少未乾透的水窪，海草、珊瑚之類早已枯死，蘊含大量鹽分的土壤一時也生不出陸地上的植物，當然動物也極少，一眼望去，這是個荒涼、潮濕、蒼白、死寂的土地，這也是站在這通道入口的十餘萬名人類，對「噩盡島」這名詞的第一個印象。

這十餘萬人，正推著木車，揹著行囊，大包小包、攜家帶眷地通過這片死寂的海上走廊，準備遷往噩盡島。

去年的十一月，這被後人稱爲「祝融撼地」的那個月分，大浪狂襲各處海岸，噩盡島和花蓮的船隻都嚴重毀損，澳洲庫克鎮那兒雖然一開始還殘留一些，但隨著陸塊移動，也跟著被擠成木屑粉末，消失無蹤。

眼看重建船隻耗費時日，地層逐漸穩定後，葉瑋珊與大庾嶺、噩盡島三方溝通，決定領著這十幾萬人，從這唯一一條海上走廊通過海面，之後再沿噩盡島南方海岸，逆時針繞向東方高原，前往最適合人類居住的地方。

這雖然是一著險棋，卻也有道理存在……

舊大陸經過這段時間的擠壓變形，本來盤據各地的妖族地盤通通打亂，有的正重覓家園，有的正互相攻伐爭逐疆界，這十幾萬普通人類混在其中，重新造船慢慢搬遷實在太危險。而噩盡島西方雖據說有強大妖怪盤據，但一來眞正強大的妖怪，可能反而不在意渺小的人類經過；二來這兩個月的地震中，噩盡島相對算是比較穩定的地區，島上妖族不需爲疆界重啓爭鬥，而人類只要繞著外圍那圈新浮出的死寂海岸行走，也較不易產生爭端。

雖說萬一遇到什麼心情不好、不講道理的強大妖怪，說不定十幾萬人就這麼全軍覆沒，但這世界如今變成這樣，這種事到處都可能發生，爲此擔心也沒什麼意義。

決定之後，兩方分別啓程，庫克鎭的兩萬人先一步到達那海上通道的入口，退到大庾嶺的那十幾萬人，數日後也終於抵達。兩方昨日會合後，今日終於開始向著東北方——噩盡島的方向，跨海遷移。

隊伍會合後，總數近一千五百名的引仙者，在印晏哲分配下，分成幾組前後輪班、防守偵查，還有許多引仙者推著搭載老弱婦孺的粗製木車，使隊伍能以更快的速度移動，偶爾遇到障礙物，兩名引仙者前後一提，就這麼連車縱了過去，十分方便。

印晏哲安排妥當後，奔到隊伍前端白宗眾人所在之處，對葉瑋珊等人報告細節。

葉瑋珊聽完點點頭，微笑說：「阿哲，這些日子辛苦你了。」

印晏哲站直挺胸說：「這是我該做的。」

葉瑋珊想想又說：「這兩日怎沒看到嚴市長？」

印晏哲一怔，尷尬地說：「這……」

「怎麼了？」葉瑋珊訝異地問。

「當時宗長和老宗長用輕疾傳訊，要我帶花蓮的十幾萬人往西撤退，我告訴他們的時候，他們卻囉哩囉唆的。」印晏哲聲音放低了些，似乎有點怕葉瑋珊責怪地說：「就……就被我罵了幾句。」

葉瑋珊微微一愣，還不知該怎麼接口，印晏哲已經急忙解釋：「當時宗長交代，陸塊可能崩落，情況十分緊急，根本沒時間讓他們慢慢考慮，我受不了那群政客總是跟我打官腔，說什麼還要仔細研究、斟酌檢討，就跟他們翻臉了，直接領著部隊安排遷移，隨便他們愛跟不跟……後來還不是窩窩囊囊地跟來了？我根本懶得理他們。」

白宗眾人這時也在一旁，自然聽得清楚，眼看葉瑋珊說不出話，瑪蓮噗嗤一聲笑了出來，搖頭說：「阿哲你可眞豪氣啊，我也最討厭那些政客了，罵得好！」

「瑪蓮。」葉瑋珊輕嘆說：「有些人從政還是想爲大家做事情的。」

「這些天下剛大亂，就急著組政黨幫自己封官的傢伙嗎？」瑪蓮撇嘴說：「我不大相信裡面會有好人。」

瑪蓮說的當然也有道理，葉瑋珊不想多辯，搖搖頭望著印晏哲說：「阿哲，這麼一來，這十幾萬人不就變成引仙部隊在統治了嗎？這樣……不就等於利用軍權搞獨裁嗎？」

印晏哲一呆忙搖手說：「我沒有獨裁，我一切都遵照宗長指示。」

「那還是一樣啊。」葉瑋珊好氣又好笑地說：「只不過獨裁的變成我而已。」

「他們既然不敢來找宗長抱怨，可能以爲是宗長指使的。」黃宗儒插口說：「不過老實說，這幾次遷移都很重視時效，若等那些人慢吞吞地決定，恐怕人都死光了……非常時刻，用非常做法，宗長眞的不想干政，等抵達東方高原後，再歸還政權就是了。」

「還什麼還？宗長就直接當皇帝吧，看看母儀天下是什麼滋味。」瑪蓮笑說：「記得幫我們封官，我當個……那個什麼……啊，殺妖大將軍就好，專門負責領軍打妖怪！」

「無敵大最方便了。」張志文跟著起鬨說：「直接改名無敵大將軍。」

眾人忍不住笑出來的時候，奇雅卻輕叱說：「瑪蓮！志文！這種話別亂說。」

兩人一呆，還沒說話，黃宗儒已經跟著搖頭說：「這種事情傳出去可大可小，就算是開玩笑也最好別提。」

張志文吐吐舌頭，乾笑說：「阿姊，他們這些人好嚴肅喔，玩笑都不准開。」

「是啊。」瑪蓮苦著臉說。

張志文笑說：「還是我和阿姊比較情投意合喔？」

「去你的，臭美。」瑪蓮這種話聽久了漸漸習慣，已懶得動手，只沒好氣地白了張志文一眼。

印晏哲見葉瑋珊似乎沒打算責怪自己，這才鬆了一口氣，他往旁指了指說：「宗長，我一直想問，那……那是什麼？」

葉瑋珊順著他的手指轉頭，卻不禁笑了出來。

原來就在眾人身旁，有個個頭嬌小的女孩，正拿著根往空中飄的細繩，繩子高處那端，則捆在一個黑不透光的古怪大型甲蟲後足上，那甲蟲大約兩公尺長，乍看彷彿虛影，仔細一瞧又像是真有其物，這東西就這麼飄在空中，讓女孩扯著往前走，彷彿她正拿著一個黑色古怪大氣球一般。

葉瑋珊忍笑想了片刻，還是搖搖頭說：「別在意……我也不知該怎麼解釋，啊，她叫狄純，我們叫她小純，是白宗新收的門人。」

「正式門徒嗎？她也是完全型引仙嗎？」印晏哲似乎頗羨慕，忍不住多看了嬌小可愛的狄純兩眼。

狄純氣色比兩個月前好了許多，行動間輕鬆自在、靈動不少，但卻似乎比當時更纖細了些，還是個小女孩模樣的她，穿著件紮腿長褲，上身套著件斗篷般的披肩短袍，彷彿罩著個布袋一般，看起來更是嬌小。

她聽到兩人正討論著自己，那男子又直盯著自己瞧，忍不住紅著臉低下頭，扯著那黑色大氣球躲到吳配睿身後。

吳配睿雖然才十五、六歲，身材卻比狄純高出許多，她彷彿大姊姊一般，拍拍狄純肩膀說：「那是阿哲哥，不怕、不怕。」

「別嚇我們家小純啊！」瑪蓮馬上湊過去當保鑣，瞪了印晏哲一眼。

「不敢。」印晏哲連忙苦笑搖手。

葉瑋珊知道，只接受了暫時引仙的印晏哲，很羨慕能完全引仙的白宗正式門人，但從上次吳達夫妻的經驗之後，葉瑋珊就決定不再對其他人完全引仙，只要自己不以此脅迫他人聽命，保持一個控制的手段總是好事……引仙的能力就彷彿強大的武器，借人使用一段時間還好，送人可得多考慮考慮。

印晏哲見葉瑋珊沒回答，也不敢多問，想想又說：「宗長，我還有一件事情不明白，不知道能不能問？」

「請說。」葉瑋珊微笑說。

「噩盡島上的土壤可以排斥道息，所以適合人類居住，上次隨宗長到了東方高原，果然有明顯的感覺。」印晏哲頓了頓說：「但為什麼宗長又說，島西面有很多強大妖怪呢？他們不是應該不喜歡住這兒嗎？我怎麼想就是想不明白。」

「這……」葉瑋珊想了想說：「你知道息壤在某一種狀態下，可以吸收道息嗎？」

印晏哲點頭說：「當然，當初道武門總門，就是利用這原理想殺妖怪，結果弄巧反拙，最後噩盡島大爆炸，枉死了許多變體者。」

「那你還記得洛年嗎？沈洛年。」葉瑋珊又問。

「上次宗長在噩盡島找尋的胡宗少年？」印晏哲點點頭說：「宗長追著他的時候，我只遠遠看見他穿紅衣往山裡飛，沒看清長相。」

「嗯。」葉瑋珊忍不住望了望飄在空中那個大甲蟲，這才回頭說：「他告訴我們……有些強大的妖怪，讓噩盡島西面某些息壤，保持著過去的模樣，沒有變質成排斥道息的狀態，藉此定居在那兒……雖然細節並不清楚，但洛年不會騙我們的。」

「原來如此……」印晏哲眼看葉瑋珊沒有其他囑咐，隨行片刻後，便以視察隊伍為由，告辭退開。

狄純見印晏哲走遠了，才湊近葉瑋珊身旁說：「瑋珊姊姊……我的引仙，和別人不同嗎？」

「嗯。」葉瑋珊微笑點頭說：「妳是完全型的，效果不會消失……一般引仙大概只能支持五、六年。」

「為什麼我是完全型的？」狄純訝異地問。

「因為妳是洛年帶來的啊。」葉瑋珊抿嘴笑說：「我怎麼敢偷工減料？」

「我也是洛年介紹入白宗的喔。」吳配睿湊過來，有點得意地說。

「是……是嗎？」狄純往飄在上方的凱布利望了望，似乎有點不好意思。

「洛年在幹嘛啊？怕妳曬太陽嗎？」吳配睿往上指指。

「他……說要睡覺，讓我拉著。」狄純有點慌張地說。

「他晚上沒睡嗎？你們倆做了什麼？」瑪蓮不知何時也湊了過來，插嘴說。

狄純小臉漲紅，猛搖頭說：「沒……我……沒有……」

「別鬧了。」葉瑋珊好笑地說：「小純和我們睡在一起，怎麼可能……」說到這兒，葉瑋珊也有點臉紅。

「你走開點，別偷聽！」瑪蓮突然把在附近繞啊繞的張志文推遠了些，這才湊近低聲說：「我聽鴦姊她們說，你們去找我們之前，半個多月都睡一間房耶？她們還以爲你們早就是小夫妻了。」

狄純紅透小臉，低下頭低聲說：「那時我行動不便，洛年只是照顧我、幫我復健……什麼事都沒有。」

「嘖嘖，妳這麼漂亮，那傢伙眞是柳下惠？我可不信，會不會欺負妳不懂？」瑪蓮低聲說：「他那時不是每天幫妳按摩嗎？他的手有沒有……」

「喂！」一個男聲突然從上方傳來，眾人一驚，同時抬頭，卻見沈洛年從凱布利的腹部末端黑影中冒出半張臉，一面瞪眼說：「別胡說八道！」

瑪蓮這下可尷尬了，說人閒話卻被正主兒抓到，而且還是這有點讓人害臊的事情，她正結結巴巴說不出話來，葉瑋珊忍不住搖頭笑說：「你不是睡覺嗎？」

「我醒一下睡一下的……小純就像我妹妹一樣，別亂猜，也別教她奇怪的事！」沈洛年說完，又鑽了回去，他反正沒事，繼續藉著加速能力鍛鍊著精智力，累了就小睡片刻，醒來又繼續磨練，此時他把質量消失，飄在空中讓狄純拉著走，倒也不用費心。

看沈洛年又鑽回了凱布利，瑪蓮這才嘟起嘴抱怨說：「像妹妹一樣，這話眞好用，無敵大當初也說小睿像妹妹一樣，後來還不是……」

怎麼扯到自己頭上了，吳配睿白了瑪蓮一眼，輕嗔說：「阿姊！」她和黃宗儒這兩個月逐漸親暱，感情在穩定中成長，倒不怕瑪蓮開玩笑，只不過聽到這話還是有點不好意思。

「對啊，一直沒問妳。」瑪蓮扯著吳配睿笑說：「你們到哪個階段了？超過宗長了沒？」

「我才沒……」吳配睿頓了頓，目光一轉說：「該先問宗長到什麼階段了吧？」

葉瑋珊看兩人眼睛望了過來，她臉上泛紅，啐聲說：「洛年就在上面，妳們兩個瘋了？還問！」

瑪蓮這才想起上面還有雙男人耳朵，她吐吐舌頭說：「以後再問。」

狄純這時不是話題焦點，她羞意稍退，見眾人聊了一個階段，才低聲說：「洛年以前就常這樣睡睡醒醒練功夫，我也搞不懂。」

睡覺可以練功夫？三女互相望了望，誰也不明白是怎麼回事。

這時，隊伍後方突然傳來一陣驚呼聲，跟著叫聲越來越大，眾人目光跟著往後轉，順著後隊的目光往南方海面望去，每個人都吃了一驚。

這兒是這海上走廊的中脊處，比左右地勢都高，加上這兒沒有草木遮掩，所以雖然離岸約有四、五公里，也能直接看到海，卻見這時南方海面上突然無端端冒出一個彷彿小山般的東西，浮出水面緩緩向著這兒漂來，還正慢慢變大。

當人們驚呼大喊、四處逃命，引仙部隊仙化變形、準備戰鬥的同時，一股強大的妖炁從那岩山內泛出，往外直散了出來。

一般人民還沒能察覺，但變體者和引仙者自然能感覺到那股強大的妖炁。

葉瑋珊等人倒是見識過這種強大的妖炁，比如窮奇山蔭、畢方羽青，或和梭狪戰鬥時見過的青龍敖旅，似乎都是這種層次的，但那些引仙部隊可沒見識過這種力量，這下可是每個人頭上冷汗直冒，不知該不該拋下眾人逃命。

不管多強都不能讓他衝入人堆，白宗眾人馬上聚在一處，往那方向奔，狄純一面跑，一面正慌張地扯著繩子喊：「洛年！洛年！有妖怪。」

「別搖了。」那妖炁一湧，沈洛年當然也有感應，他從凱布利下方探頭出來往那兒望，看那座岩山有十餘公尺寬，雖然不斷從水中浮出變大，卻一點也不像生物。沈洛年想了想，鬆開細繩，凱布利倏忽間充滿妖炁，轉身腹部朝上，縮爲半公尺大小，沈洛年與妖炁結合，穩穩站在上方，向海中飛射。

「我也去。」狄純將斗篷翻到身後，露出胸前的背心式甲衣，跟著妖炁一鼓、引炁仙化，兩張巨翅從斗篷下脹出，她點地間縱躍而起、巨翅急振，追著沈洛年往南飛。

沈洛年的飛行速度當然比不上強大的妖怪，甚至也未必比張志文、侯添良、狄純快，但幾乎沒有質量的他，瞬間加速之快幾是天下無雙，一瞬間就能到達極速，狄純才剛跳起，沈洛年已經飛出老遠，不到半分鐘的時間，已飛離陸地。

不知是不是感應到凱布利的妖炁，那小山般的巨岩前方數公尺處的海面，突然冒出一個巨大的頭顱，那頭顱雖然無毛無羽，卻是圓眼尖喙，彷彿禿鷹的巨大鳥頭，正望著沈洛年。

這鳥頭實在難看，沈洛年微微一怔，慢了下來，這鳥頭和那塊大石頭有什麼關係？是一體的？還是兩隻妖獸？

「洛……洛年。」狄純前腳後腳地飛了過來，在沈洛年身後振翅，一面說：「我來了。」

「妳跟來幹嘛？」沈洛年低聲罵。

「我……我不知道。」狄純說。

那鳥頭看到狄純，突然鳥嘴一張，一聲彷彿烏鴉一般粗啞刺耳的嘎然巨響往外傳出，沈洛年不禁微微皺眉，耳朵有點受不了。

「好大聲。」狄純驚呼說。

「來了就算了，別太接近。」沈洛年往下飄了些，低聲說：「輕疾，這是什麼東西？危險嗎？」

「旋龜，鳥首蛇尾，身形如龜，多半生活在海中，會吃人。」輕疾也低聲說：「不會說話，和梭狪一樣，屬於妖中之獸族。」

「但我看他似乎沒惡意？」沈洛年說：「好像只是嫌煩。」

「可能肚子不餓。」輕疾說：「大部分強大的妖獸，肚子不餓時，只要別接近他就沒事，梭狪那種是例外。」

「那他對著我們跑來幹嘛？」沈洛年問。

「應該只是路過。」輕疾說：「那女孩的妖炁較明顯，可能會引起他的敵意。」

原來如此，沈洛年回頭飄起，對狄純說：「妳回去告訴瑋珊，叫大家收斂炁息往旁散開、讓開道路，記得把炁息內斂起來……這叫旋龜，肚子不餓，可能只是經過，別惹火他了。」

「你呢？」狄純問。

「我觀察一陣子。」沈洛年說：「妳妖炁外湧，他不高興了……剛是對妳叫的，快走。」

狄純一驚，只好轉頭往回飛。

葉瑋珊等人這時正和印晏哲等人聚集在隊伍南端，千餘人都已經仙化，正在納聚妖炁準備作戰，後面還有一大排拿著各種槍械的平民，正一面等候一面發抖……卻沒想到狄純竟傳回這樣的指示。

印晏哲聽了，不等葉瑋珊開口，詫異地說：「旋龜？真的沒危險嗎？他怎麼知道的。」誰知道？總不能說沈洛年會算命吧？吳配睿和瑪蓮對望一眼，忍不住一起偷笑，倒讓印晏哲一頭霧水。

葉瑋珊沉吟片刻說：「照他的指示做，整個隊伍要通過是來不及了，將隊伍分前後散開，先空出百公尺寬，引仙部隊過去幫忙維持秩序，我們幾個留下應變。」

「宗長，眞要這樣？」印晏哲有點意外地問。

「聽洛年的沒錯啦。」瑪蓮拍拍印晏哲的肩膀說：「快去。」

「對。」葉瑋珊肅容說：「快！」

印晏哲不敢再問，當下把命令往後傳下去，這些引仙部隊在編制上已經暫分為兩營八連十六排，當下如心使臂、如臂使指，號令一連串發下去，馬上協助著大批難民往兩邊移動，讓開一個數百公尺寬的大道。

過不多久，沈洛年也回來了，此時旋龜正從海岸中爬起，一步一踏，遲緩地往北走，那烏首後山岩般的巨大圓形龜殼，足足有三十公尺寬，三公尺高，拖在身後的粗大蛇狀長尾，也有數十公尺長，那沉重的身軀，若不是靠龐大的妖炁支持，只靠那四隻巨足根本不可能移動。

他雖步伐不小，但陸地上移動速度似不比一般人快，這五公里足足花了一個小時，才走到人群讓出的大片空地。

眼看著旋龜接近，眾人不免提心吊膽，深怕他突然轉頭咬人或掃動長尾，還好旋龜在地上爬似乎已經很累，他完全不理會身旁這些渺小的人類，就這麼自顧自地一步步往前走，花了好幾分鐘的時間，終於慢慢通過人類讓出的通道，跟著他頭也不回，繼續往走廊的另外一側——北方的海面走去。

等旋龜終於離開，眾人才不約而同地喘了一口大氣，後隊開始往前移動，引仙部隊也照著原先的編制輪班，大隊正絡繹向東的時候，眾人也一面扯著沈洛年，要他介紹旋龜。

沈洛年說沒兩句，突然微微一怔說：「唔，不大對勁。」

「又怎麼了？」葉瑋珊問。

「那端似乎有人在逃命……挺遠的。」沈洛年望著東邊的廊道出口說。

「那邊怎會有人？」眾人都吃了一驚。

「確實是變體者的感覺……」沈洛年說：「好像被什麼追著，正四散逃跑……似乎有人死了。」

「快去幫忙！」賴一心拿起黑矛，往那兒就奔。

葉瑋珊忙喊說：「一心慢點！」

賴一心卻不停步，回頭喊說：「快啊！洛年說有人被殺不是嗎？」

這下眾人只好跟著跑，葉瑋珊一面飄掠，一面回頭說：「志文，你先去看看，小心點。」

「好。」張志文也早已做好了合用的背心，隨著仙化，背心的腋下活扣自動綳開，裂開半截，巨翼從中穿出，他一展雙翅，往東直飛，泛出黃光的同時振翅超過了賴一心，向著長廊開口處飛射。

「添良！」葉瑋珊又說：「你告訴阿哲別隨便靠近出口，等我們消息。」

「好。」侯添良往後一飄，旋身過去找印晏哲。

「洛年。」葉瑋珊轉頭：「妖怪強嗎？」

「太遠了。」沈洛年搖頭說：「偶爾有一剎那的妖炁感應放出又收回，不確定強弱。」

「這兒恐怕沒有弱的妖怪……」葉瑋珊皺眉自語說：「怎會有人闖到那兒？東方高地那兒的人嗎？」

沈洛年自然不知道答案，他想了想，突然轉頭望向跟在身旁的狄純，板起臉說：「丫頭！萬一打起來妳可別又跟著我，找地方躲好。」

「好嘛。」狄純皺起小臉，沒什麼誠意地應了一聲。

這時葉瑋珊和奇雅合力托著黃宗儒飛掠，已追上了賴一心。過不多久，侯添良也追了上來，廊道出口約數十公里遠，一般人也許要走上一天，但白宗眾人這一發力疾馳，只不過十幾分鐘，已奔出超過一半的路程，張志文這時飛了回來，他在空中一轉方位，隨著眾人飛，一面喊：「報告！幾百人竄出森林在亂逃，後面有個很強的妖怪在追。」

「什麼妖怪？」瑪蓮問。

「雙頭猩猩……不，狒狒！」張志文咋舌說：「大概兩公尺高，全身都是毛，那狒狒臉上的毛好多顏色，抓到人就兩手挖開胸口亂抓，找心臟出來撕裂了吃。」

「啊？」狄純聽得花容失色，忍不住驚呼出聲。

「那些人完全不是對手，要不是他顧著吃，人早就死光了。」張志文吐了吐舌頭說：「那傢伙妖炁似乎和大梭狪差不多，我們大概打不過，別理他好不好？」

「怎麼可以不理？」賴一心睜大眼說：「那兒有幾百條人命耶。」

「可是這兒有十幾萬人。」黃宗儒皺眉說：「我們衝去，打贏也罷，萬一打輸把他引來這兒……」

「呃……」賴一心卻也愣住了，若真和梭狪差不多，他可不敢拍胸膛說打得贏……上次自己正是第一個躺下的。

「不用考慮了。」沈洛年突然說：「那些人往這兒逃了。」

也就是說……那妖怪非來不可了？眾人對視一眼，瑪蓮、吳配睿、黃宗儒等人紛紛仙化聚炁，拿起武器，準備應戰，張志文一面說：「宗長，多叫點人來幫忙吧？」

葉瑋珊搖搖頭說：「梭狪那種強度，一般引仙者幫不上忙，別叫他們來。」

「那怎辦？打不贏啦！」張志文在空中亂轉，一面喊。

「別吵啦！膽小鬼！」瑪蓮皺眉罵。

「那我要先說遺言！」張志文大嚷：「阿姊我愛妳！」

「靠！」瑪蓮又好氣又好笑，指著空中罵：「你有種給我下來，老娘先宰了你。」

「我沒種，阿姊息怒。」張志文嘻皮笑臉地飛得更高了些。

聽到兩人的對話，侯添良忍不住瞄了奇雅一眼說：「我……那個……」

「閉嘴！」奇雅板起臉說。

侯添良吐了吐舌頭，乖乖閉上嘴不敢吭聲。

很快地，一群倉皇逃命的變體者，出現在前方，對方遠遠看到這兒有人奔近，有人馬上大喊：「快逃，有妖怪！危險。」

「不能往後走。」賴一心一面奔一面嚷：「後面有很多普通人。」

那端一怔，似乎也不知該怎麼才好，兩方越來越近，互相一看，彼此都吃了一驚，這群人中居然不少熟面孔，尤其是何宗宗主何昌南那禿頭更是十分明顯……葉瑋珊輕呼一聲，低聲說：「共生聯盟？他們聚集起來了？跑到這兒做什麼？」

「上次那姓蘇的也在。」奇雅低聲說。

「姓蘇？誰？」侯添良迷惑地問。

「那次被我們砍翻了幾十人的頭頭。」張志文掠過說：「好像叫蘇守……蘇守……」

「蘇守洪。」黃宗儒瞄了那叫蘇守洪的國字臉大漢一眼，低聲說：「正在瞪我們呢，看樣子氣還沒消。」

瑪蓮上次差點和蘇守洪單挑，忍不住往那兒瞪眼說：「難不成還怕了他？」

「別挑釁，現在沒空理他們。」奇雅說。

兩方這一瞬間迅速地交錯，看白宗眾人往西直奔，衝在前面的幾名共生聯盟成員，驚駭之餘，不禁緩下了腳步，回頭查看。

另一端，那渾身黑毛、有兩顆彩色腦袋的狒狒狀高大妖怪，果然正一面抓人撕心吞嚥，一面往這兒奔，找著下一個跑得慢的人類。

那妖怪動作迅捷如風，兩條長臂一抓就撕開一個人的胸膛，掏出心臟後左右撕成兩半，平分給兩個頭顱食用，那兩張色彩斑斕的凶惡面孔，一面張嘴嚼食呑嚥，一面又左顧右盼地尋找下一個獵物。

「那妖怪和梭狪不同，本身動作很快，大家小心點。」沈洛年快速地說：「這叫獨腳山魈，天生單手、單足，力大無窮、銅筋鐵骨，很難讓他受傷。」

「單手、單足？」吳配睿忍不住問了一句，眾人也大皺眉頭，那傢伙明明四肢健全不是嗎？還多一顆頭哩。

「那是兩隻獨腳山魈，又叫雙生山魈。」沈洛年說：「從小就習慣把身子靠在一起生活。」

「總黏在一起不嫌熱嗎？」瑪蓮轉頭說：「洛年，算算弱點在哪兒成不成？」

「非法問題，不能算。」沈洛年悶哼一聲說。

「靠！又來了。」瑪蓮忍不住罵：「怎麼每次最重要的事情都非法啊？」

爲什麼變成我挨罵？沈洛年忍不住白了瑪蓮一眼。

眼看兩方距離剩下不到半公里，賴一心一揮矛，止住眾人，開口說：「宗儒！動手。」

「好。」黃宗儒站在陣前，拉開弓箭，不斷凝聚紫色炁息匯入，隨著他快速地扯弦放弦，一連串紫色炁矢破空而出，彷彿閃電般對著那妖怪連續飛射。

正嚼著人心的山魈一驚，雙手急揮，拍開了幾箭，身上也挨了幾箭，雖然炁矢似沒造成明顯外傷，但也惹得山魈怪叫連連，他顧不得繼續殺人取心，把手中的屍體一扔，怒嘯聲中，對著西面眾人衝來。

《噩盡島 10》完

大豐收

下集預告

噩盡島 11 *7月　轟動登場！*

屍靈之王重臨大地?!

一場殺戮震驚妖界，
三方妖族群起追捕未知殭屍！

莫仁最新異想長篇
即刻翻轉你所認識的世界！

國家圖書館出版品預行編目資料

噩盡島／莫仁 著.——初版.——台北市：
蓋亞文化，2010.06-
冊；公分.

ISBN 978-986-6473-71-5（第10冊：平裝）

857.7 98015891

悅讀館 RE220

噩盡島 10

作者／莫仁
插畫／YinYin
封面設計／克里斯
出版社／蓋亞文化有限公司
地址◎台北市103承德路二段75巷35號1樓
電話◎（02）25585438 傳真◎（02）25585439
部落格◎gaeabooks.pixnet.net/blog
電子信箱◎gaea@gaeabooks.com.tw
投稿信箱◎editor@gaeabooks.com.tw
郵撥帳號◎19769541 戶名：蓋亞文化有限公司
法律顧問／宇達經貿法律事務所
總經銷／聯合發行股份有限公司
地址◎新北市新店區寶橋路235巷6弄6號2樓
電話◎（02）29178022 傳真◎（02）29156275
港澳地區／一代匯集
地址◎九龍旺角塘尾道64號龍駒企業大廈10樓B&D室
電話◎（852）27838102 傳真◎（852）23960050
初版八刷／2022年1月
定價／新台幣 220 元
Printed in Taiwan

ISBN／978-986-6473-71-5

GAEA

GAEA